成长我最棒

做最完美的自己

让我更杰出的100个性格养成故事

彭凡 主编

化学工业出版社
·北京·

再细小的花朵,也有它与众不同的芳香;
再微弱的火光,也可以带来光明和希望;
再平凡的人儿,也是一座值得挖掘的宝藏;
再短小的故事,也可以开启你紧闭的心房!

我们是春天的水稻,等待着成长与芬芳;
我们是破浪的轻舟,向闪亮的海洋起航!

有雨露,有阳光,
水稻才拥有金灿灿的希望。
有水手,有航灯,
轻舟才拥抱蓝莹莹的水乡。

我们渴望雨露和阳光,
我们追寻水手与方向。
我们期盼一双双有力的大手,
拉我们跨过高山,越过海洋。

其实,
雨露就在足下,阳光就在顶上,
水手就在身旁,航灯就在前方。

这一套《成长我最棒》,
将是你人生路上的好朋友,
每一个小故事,就是一滴雨露,
一滴一滴,让成长的大地鲜花怒放。

这一套《成长我最棒》,
将是你话题作文的好助手,
每一个大智慧,就是一寸阳光,
一寸一寸,让智慧的河流解冻欢唱。

阅读它,就是阅读人生,让你收获成长智慧。
走进它,就是走进成功,让你做最棒的自己!

目录 CONTENTS

♥ 让爱绽放

- 8　妈妈的赞叹
- 10　我要回中国
- 12　没有"大"家，不成小家
- 14　岳母刺字
- 16　空中险情
- 18　面向南方而死
- 20　男孩和树
- 22　爱的广播
- 24　一碗水饺

- 26　两份账单
- 28　沙漠中的骆驼
- 30　没有上锁的门
- 32　一把椅子结交了"钢铁大王"
- 34　自己的床铺不要钱
- 36　不准打我哥哥
- 38　等待两分钟
- 40　传递爱的午餐盒
- 42　老师的手
- 44　巴尔扎克和他的老师
- 46　李白找"诗仙"

❤ 让真闪耀

- 48 雪夜小哨兵
- 50 小孔雀捕鱼
- 52 小狮子的皇冠
- 54 米蒂学字
- 56 纪昌学箭
- 58 乞丐到底什么样
- 60 劫匪保镖
- 62 最成功的推销员
- 64 我还要回来
- 66 一则死亡通知
- 68 买啤酒的孩子
- 70 三顾茅庐
- 72 迟到带来的损失
- 74 做蛙跳的老师
- 76 赵氏孤儿
- 78 抄论文的傻子
- 80 卖火柴的小男孩
- 82 诚实的空花盆
- 84 油灯旁的歌
- 86 丢失的50个金币
- 88 购买上帝的男孩
- 90 我一定要等她来

❤ 让善流淌

- 92 六尺巷
- 94 一颗子弹
- 96 鹞子和夜莺
- 98 你长大了
- 100 杂草变牡丹
- 102 人工传声筒
- 104 消失的"三八线"
- 106 "偷饼贼"

目录 CONTENTS

- 108　小松鼠的友情
- 110　王子选妻
- 112　两个苹果
- 114　海鸥和渔民
- 116　剧本上没有的台词
- 118　微笑蛋糕店
- 120　将花送给你喜欢的人
- 122　手机不见了
- 124　多功能响尾蛇
- 126　一饭千金

让美发光

- 128　牛顿忘食
- 130　没什么了不起的
- 132　不要炫耀
- 134　百鸟王之争
- 136　抓住幸福的尾巴
- 138　寻找金表
- 140　毛毛虫与小精灵
- 142　鹰中之王的魔鬼训练
- 144　"我不能"先生
- 146　四个平头小女孩
- 148　关上15年
- 150　一锭金、一张饼和一碗粥
- 152　花边饼干
- 154　国相论妾和马

- 156 总统"刮胡子"
- 158 胡人杀来了
- 160 奶奶快走
- 162 圣诞礼物
- 164 老鼠救老虎
- 166 巨人的花园
- 168 蜘蛛与燕子
- 170 真假爱因斯坦

❤ 让德芬芳

- 172 将枣子留下
- 174 破茧是磨炼
- 176 一天和一年
- 178 鞋匠的儿子
- 180 请让我替他忍受一半的拳头
- 182 两个朋友请客
- 184 熊说了什么
- 186 狼和狗
- 188 五根手指
- 190 天堂和地狱
- 192 折不断的筷子
- 194 拥抱比耳光更有力量
- 196 孩子没有生病
- 198 让座
- 200 谁上天堂
- 202 老师的作业
- 204 我们并不穷
- 206 托尼的苹果派

让爱绽放

爱是生命的火焰，没有它，一切变成黑夜。

妈妈的赞叹

在东京的一家医院里，一个小宝宝出生了。虽然是全家企盼已久的孩子，但他并没有给大家带来喜悦，而是把大家吓呆了——这个孩子是畸形的！于是，护士把他迅速包好，送进了保温箱。

之后的一个月，所有的产妇每天都会给自己的宝宝喂奶，只有这个母亲连自己孩子的面都没见过。医生骗母亲说他患有"黄疸重症"现在不能看，其他人也都遮遮掩掩，生怕伤了这位母亲的心。

可纸终究包不住火。又一个月过去了，眼看再也瞒不住了，医生、护士和家人一起商量，做好了最坏的打算，还是让她自己看看。为了预防她看到以后会尖叫着晕倒，或者痛哭失声，医院还特意为她准备了一张空着的病床。

然而，当一个没有胳膊没有腿的孩子出现在这位母亲面

前时,她居然笑着说:"好可爱!"

此后的日子,在家人与老师的帮助下,小宝宝克服了许多行动上的不便,渐渐长大,一路顺利地完成了学业,还考入了日本非常著名的早稻田大学经济学系。

那个患重度残疾的孩子,就是现在日本著名的作家、《五体不满足》的作者乙武洋匡。现在,该书销量早已突破380万本。

给自己加油

孩子无论长成什么样,在母亲的眼中永远是最可爱的,这就是伟大的母爱。

从十月怀胎开始,母亲用身体孕育孩子,用爱心保护孩子,用真情激励孩子。滴滴关爱,最终积成了宽广深厚的爱之世界。在这个世界里,孩子就是一切,母亲所做的一切就是为了孩子,就是给予孩子信心、快乐、信念和赞美!正是因为如此,才造就了母爱的伟大!

虚荣的人注视着自己的名字；光荣的人注视着祖国的事业。

我要回中国

钱学森是我国著名的物理学家，也是世界著名的火箭专家。早年他留学美国，并参与了美国导弹核武器的研制开发工作，取得了非凡的成绩，但他一心牵挂大洋彼岸的祖国。

1949年10月1日，新中国诞生的消息传到美国。钱学森夫妇喜极而泣："祖国有希望了，我们离回去的日子不远了。"

美国海军部次长听说钱学森要回国，恶狠狠地说："他知道所有美国导弹工程的核心机密，一个钱学森抵得上5个海军陆战师，我宁可把这个家伙枪毙了，也不能放他回中国去！"

就这样，美国政府抄了钱学森的家，并且将他拘留。

不过，钱学森并没有被吓倒，他依然坚定地说："我一定要回中国去！"

有的人劝钱学森："中国才刚步入正轨，无论在经济上还是技术上都很落后，你为什么不舒舒服服地待在美国呢？"

钱学森激动地说："过去，我们日夜盼望祖国能早日解放，现在，这一时刻终于到来了，我怎能不回去？虽然中国现在很贫穷，但是我相信，在全国人民的共同努力下，中国一定会发展起来的。我是中国人，当然要回中国。为中国的建设出力，这是我的责任！"

1955年9月17日，在周恩来总理的特别关照下，钱学森夫妇终于带着一双儿女踏上了归国的征途。

后来，经过钱学森的努力，中国导弹、原子弹的发展至少向前推进了20年。

给自己加油

虽然美国先进富有，但钱学森还是回到了落后贫穷的中国，因为"我是中国人，为中国的建设出力是我的责任"，多么振奋人心的话语！钱学森不仅是杰出的物理学家，更是伟大的爱国者。

小读者们，当你将来出国留学或工作时，请不要忘记你们曾经生活在中国这片广袤的土地上，你们身体里流淌着的是中国血，中国才是你们温暖的家。

有国才有家，以天下为己任之人，公而忘私之人，必定青史留名、永垂不朽。

没有"大"家，不成小家

霍（huò）去病是西汉名将卫青的外甥。他16岁就参了军，曾因率领八百精兵，浴血奋战，大败匈奴，立下赫赫战功。汉武帝对他大加赞赏。

有一年，为了打通河西走廊，汉武帝发动了河西战役。在霍去病的指挥下，勇猛善战的汉军又一次打垮了匈奴，取得了胜利。

汉武帝便派使者带去两坛美酒慰问他。

霍去病接下美酒，说："谢谢皇上赏赐，但这美酒我不敢独享。因为功劳不是我一个人的，是全军将士们的！"

说完，他把全军将士召到一起。但酒只有两坛，人却很多。

霍去病环顾四周，发现旁边有股山泉，就将两坛美酒"咕噜咕噜"全部倒了进去。

刹那间，整个山谷一下子弥漫了酒香。

霍去病大声喊道:"这是皇上赏给我们大家的庆功酒,大家尽情享用吧!"将士们感动不已,立刻欢声雷动,尽情畅饮这加入了美酒的山泉。

从那时起,这条山泉就有了"酒泉"这个名字。传说,从那流出来的水,至今都带着酒的醇香。

霍去病屡立战功,为了奖赏他,汉武帝命人在长安为他特意建造了一座豪宅。霍去病却说:"匈奴未灭,何以家为!"

霍去病一生曾六次挂帅出征匈奴,屡战屡胜,打通了河西走廊,保卫了西部边疆。

令人叹惜的是,这位杰出的军事天才24岁时就病死在征途中了。他把短暂的一生都贡献给了国家,使人们获得了安宁。

给自己加油

人总有一死,或轻如鸿毛,或重于泰山。霍去病虽然英年早逝,但他的生命是血与火凝成的。他一心为国家,公而忘私,这种精神就像金子一样纯真明亮,放射着耀眼的光芒。

每一个国家,都是由一个个小家组成的。每一个小家的幸福来自祖国大家的和平、安定、富强、繁荣。无国哪有家?国泰民才安!

以道德为尺,以律法为秤,知其可为而为之,知其不可为而不为,才是真正的君子。

岳母刺字

岳飞是南宋时期的抗金名将。他出生时,刚好有一群大雁从天空飞过,父母高兴地给他取名岳飞,希望他能像那群大雁,飞得又高又远。

虽然家里一贫如洗,可父母从未放弃过对他的教育,岳飞也因此变得为人正直,性格刚强。

一天,岳飞的几个结拜兄弟,因为饿坏了,想到了拦路抢劫的馊主意。他们来找岳飞一起去。

岳飞知道那是谋财害命的事儿,不光没有答应,还劝他们也不要去做。那些人见说不动他,只好离开了。

岳母正好回来了,岳飞就把事情的经过一五一十地告诉了母亲。

岳母听了很高兴,说:"孩子,你做得很好,人穷志不穷,伤天害理的事我们绝不能做!"

等岳飞长到十五六岁时，北方的金人入侵，宋朝军队腐败无能，边关即将失守，国家危在旦夕。

一天，岳母把岳飞叫过来，说："金人眼看就要打到南方了，国难当头，你打算为国家做点什么吗？"

"上阵杀敌，精忠报国！"岳飞铿锵有力地回答。

母亲非常高兴，决定把这四个字做个警示，直接刺在儿子的背上。

刺字前，岳母问："会很疼的，你害怕吗？"

岳飞说："当然不怕！如果小小钢针都对付不了，那还怎么去前线对付那些带刀带枪的金人？！"

岳母便在岳飞背上刺上了"精忠报国"四个大字。这四个字伴随着岳飞出生入死，立下赫赫战功，成为历史上最有名的抗金名将。

给自己加油

孔子曰："君子有所为有所不为。"意思就是说，一个品行端正的人，做事要分辨是非，不能做的事坚决不做，应该做的事当仁不让。像岳飞这样，心中有一杆秤，伤天害理之事坚决不做，上战场抛头颅、洒热血、报效祖国却义不容辞。在生活中，我们也要分清什么该做，什么不能做，做一个遵纪守法、乐于助人的好公民。

危难时刻闪现出的人性光辉，比那些动人的诗篇更加绚烂。

空中险情

在一次飞行特技演习中，一架歼击机的发动机突然停止了转动。当时，这架飞机上有主驾驶和副驾驶两名飞行员。

面对突发的"空中停车"，主驾驶经过多次努力，但发动机仍然静止不动。眼看飞机逐渐下降，主驾驶急忙向地面塔台的总指挥报告。

总指挥知道这种情况十分危险，于是毅然向飞行员发令："跳伞！"

主驾驶想，跳伞可以让自己逃生，但飞机撞到地面上时会发生爆炸。对飞行员来说，飞机和自己的生命一样珍贵。而且歼击机是国家财产，如果放弃飞机，国家一定会蒙受损失。想到这里，他开始犹豫了。

这时，一旁的副驾驶突然说："不能跳伞，你看，下面是一个城镇，选择在这里跳伞，飞机坠落引起的爆炸势必会令更多人伤亡。我们必须控制飞机，直到最后一刻。"

于是,两名飞行员没有听从塔台的指挥跳伞逃生,而是驾驶着飞机向一片开阔无人的水田飞去。

就在飞机飞临水田上空的时候,突然,一阵熟悉的轰鸣声传来。那是发动机的声响!

"太棒了,发动机又恢复正常了!"两名飞行员急忙将飞机飞上高空,并向塔台报告了这个好消息,然后继续进行未完成的演习。

当他们回到地面时,人们一片欢呼。

后来,这架歼击机的主驾驶被授予一等功,副驾驶则获得了二等功。

给自己加油

有人曾说,一个国家是否强大,首先要看这个国家有什么样的军队。我们拥有这样视国家和人民利益高于自己生命的士兵,我们的国家怎会不强大呢?

在最危急的时刻,依然以国家和人民为重,愿意牺牲自己的生命来换取祖国和人民的利益,这样的爱国情结实在令人感动。

这种爱国热情应该融入每一个中华儿女的内心。

祖国是我们的家、是我们的母亲，爱祖国重于爱生命，爱祖国高于一切。

面向南方而死

文天祥是我国南宋时期的文学家、政治家，著名的爱国将领。

公元1275年，蒙古的忽必烈建立元朝后，率军攻打南宋。南宋满朝震惊，官员们却又贪生怕死，没有一个人敢挺身而出，纷纷主张投降。但元军宣称，只有南宋的丞相才有资格与他们谈判。

国难当头，朝廷只好封文天祥为右丞相，去和元军谈判。谈判时，文天祥被元军扣留，后来，文天祥从元军中脱险，但在抗元战斗中不幸被俘。

一日，忽必烈问众大臣："南方、北方名臣，谁是贤能？"

群臣回答："北有耶律楚材，南有文天祥。"

于是，忽必烈非常希望能将文天祥收服，

为己所用，便三番五次派人去劝降，但没有一次不遭到文天祥的拒绝。

一天，忽必烈亲自召见文天祥，打算再次劝降。文天祥只是对他施了一下礼，没有一点儿下跪的意思。

忽必烈没有强迫他下跪，说："若你愿意为我效忠，我愿意许你高官厚禄！"

文天祥回答："我是大宋的官员。国家灭亡了，我只求速死，不想苟生！"

忽必烈十分气恼，于是下令立即处死文天祥。

临死前，文天祥问监斩官："哪边是南方？"有人给他指了方向，文天祥向南方跪拜，说："我的事情完结了，心中无愧了！"于是引颈就刑，从容就义。

他的千古诗篇《过零丁洋》，其中一句"人生自古谁无死，留取丹心照汗青"，至今仍被世人称颂不已。

给自己加油

爱国的人，心中一定深藏大义。大义在心，"富贵不能淫，贫贱不能移，威武不能屈！"这样的人，是所有人仰视的榜样，是真正的大丈夫！

我们还小，还不能为保卫祖国做些大事，但是，无论在何时何地，胸怀祖国，"以祖国的利益为重"，不给"中国"二字抹黑，这一点，相信我们还是能够做到的。

父母是一棵大树，伸出枝枝叶叶，向我们敞开世界上最温暖的怀抱。

男孩和树

小男孩迈克家的后山上，有一棵很大的苹果树。他每天都会去那里玩，有时在树底下乘凉，有时在花香里睡觉，有时爬到树上吃苹果……他非常喜欢苹果树，苹果树也非常喜欢他。

渐渐地，小迈克长大了，迷上了玩具，很少去跟苹果树玩。

一天，迈克很不开心地又来到苹果树旁。苹果树兴奋地说："我们一起玩吧。"

迈克摇了摇头，说："我现在只想要买玩具。"

苹果树说："哦，是这样啊！我没有钱，但你可以摘下我身上的苹果拿去卖钱。"

很快，迈克就把树上的苹果摘了个精光，然后满意地回去了。

过了些年，迈克回来了，苹果树开心极了，说："我们一起玩吧。"

"我哪有时间玩啊？我要工作，要养家糊口，要盖房子，又没人能帮助我。"

"哦，是这样啊！那你把我的树枝砍下来盖房子吧。"

树枝被迈克砍了个精光，苹果树变得光秃秃的，但心里还是很高兴。

迈克变成了中年人后，又来到了苹果树旁，苹果树喜出望外："我们一起玩吧。"

迈克说："我快要老了，但还有很多地方没有去过，我很想划船去那里。"

苹果树说："哦，这样啊！你可以砍下我的树干造船，想划多远就划多远。"

迈克锯下树干，造了一条船。苹果树只剩下一个树墩了。

很多年以后，迈克又回来了。苹果树已经老了，它说："我的孩子，现在我只有一个老树墩，什么也不能给你了。"

迈克说："这是我最需要的，这么多年我早就累了，是该歇歇脚了。"说完，他坐了下来。

苹果树流下了幸福的泪水……

给自己加油

这棵树像不像我们敬爱的父母呢？年幼的时候，我们要父母陪着玩耍；稍大一点，我们向他们索要玩具和零食；长大了以后，我们成家立业离开了他们；但一旦遇到困难，我们又会去向他们寻求帮助，而父母从来都不拒绝，直到耗尽一生，他们都在为我们着想。从这一刻开始，好好爱你的父母，就像他们爱你一样。

幸福，并不需要什么豪言壮语，有时候需要的只是一些不起眼的小细节。

爱的广播

任子安是一名普通的出租车司机。每天早上6点，他就开车出门，行驶在这个城市的大街上。

忙碌了一上午，任子安匆匆点了个三元钱的快餐。他钻进车里，打开收音机，边听边吃了起来。

交通频道正在播出"真情互动"节目，不少听众开始往电台打电话。一个熟悉的声音从收音机里传了出来："主持人阿姨，我能跟我爸爸说说话吗？"

"哦，小朋友，当然可以，能告诉我他的名字吗？"

"我爸爸叫任子安，他是开出租车的。今天是父亲节，老师交代我们回家后要多陪陪爸爸。可是我每天早晨醒来时，爸爸已经出去了，晚上睡着了，爸爸还没回来，我连他的面也

见不着。"

"哦,原来是这样。那你有什么话要对爸爸说?他现在可能正在收听我们的节目呢。"

"我想说:'爸爸,您辛苦啦!今天是您的节日,别再吃那三元钱的午餐了,给自己加点儿菜吧。天气太热了,您别省着,给自己买瓶冰镇可乐吧。买车借的钱等我长大了慢慢还,您别那么拼命,身体要紧!'"

主持人的眼眶有点潮湿了,半晌才说:"你真是懂事的好孩子。你爸爸听到了一定很开心!能告诉大家你叫什么名字吗?"

"我叫小毅,上三年级。"

"那,你还有什么话要讲给爸爸听吗?"

小毅大声地说:"爸爸,记得今天早点儿回来啊。今晚我再困也不会提前睡了,我和妈妈一起等您回来,妈妈给您洗脚,我给您捶背。"

任子安已经泪流满面,他慢慢地吃完了饭,挺了挺胸,精神抖擞地握住了方向盘。他心中充满幸福,带着笑容继续前进。

给自己加油

父母从来不在我们面前说一声苦,道一声累。生活的艰辛,他们总是默默地扛着;身体的病痛,他们总是默默地忍着。每天,他们都在为我们无私地付出,而且无怨无悔,不求回报。我们应该为他们做一些力所能及的事情,比如大热天里的一瓶冰镇可乐、一块擦汗的毛巾,我们的一丝关心,都可以给父母带来无比的幸福。

有时,我们会对别人给予的小恩小惠"感激不尽",却对亲人的爱"视而不见"。

一碗水饺

丽丽跟妈妈又吵架了。一气之下,丽丽什么都没拿,就跑出了家门。天渐渐黑了,丽丽也快走不动了,便停下来歇一会儿。

这时,一股馋人的水饺香味随风飘来,丽丽突然觉得肚子饿了。可是她摸摸口袋,一毛钱都没有。丽丽只能眼巴巴地嗅着水饺香,舔舔嘴巴,咽着口水。

水饺摊的老板是一个慈祥的老婆婆,她看到傻傻站在一旁的丽丽,就好心地走过来问:"孩子,饿坏了吧?来碗水饺怎么样?"

丽丽鸡啄米似的点了点头,然后又很不好意思地摇了摇头说:"还是算了吧……今天我身上没带钱。"

"没事,今天婆婆请客。"老婆婆客气地说。

很快,老婆婆端来一碗水饺,香喷喷的,直冒热气。丽丽吃着吃着就流泪了。

"好端端的,你哭什么啊?"老婆婆关切地问道。

"没事，我只是非常感激！"丽丽擦干泪水说，"我们从来没见过面，您却愿意做一顿免费的水饺给我吃。可是我妈妈一和我吵架就叫我出去，永远不要回家！"

老婆婆听了，摸着丽丽的头说："妈妈说的那是气话！我只煮了一碗水饺，你就这么感激，你妈妈煮了十多年的饭菜，你怎么不感激呢？"

丽丽一下子明白过来，她想起了吵架的原因，自己最近上网太多，成绩开始下降了，妈妈才责骂自己，可这也是为了自己好啊。

想到这里，丽丽匆匆吃完水饺，谢过婆婆以后径直往家里走去。

远远地，丽丽看到妈妈正在路口焦急地四处张望。丽丽哭着跑了上去，一把抱住了妈妈。

给自己加油

在家里，你常常会因为一丁点不如意就对父母发火动气；而在外面呢，别人稍微对你好一点你就十分感激，即使那种好还赶不上父母对你的爱的百分之一。

亲情是人世间的无价之宝。在你受伤时，只有亲人才会关心你，给予你站起来的力量。虽然有时候难免有误会，但他们的本意都是为你好，不想让你受到伤害。

真正爱我们的人一直在我们的身边，你发现了吗？

像父母爱我们一样去爱我们的父母吧，即使只是递上一杯水，捶捶一次肩……

两份账单

这个星期天，小布拉德帮妈妈做了不少事情。当天晚上，布拉德抓紧时间列了一份账单，并整整齐齐放在餐桌上。他心想，妈妈明天来吃早餐，一定看得到。

第二天一早，妈妈看到了这张纸，上面写着：

跑腿一次　　　3美元
倒垃圾两次　　2美元
擦地板一次　　2美元
服务小费　　　1美元
总共应付给布拉德8美元

看完以后，妈妈微微地笑了，但她并没有说什么，然后将8美元纸币一起放在桌上。

布拉德起床后，来到餐厅吃早餐，看到桌上的"报酬"，飞快地收起来放进了自己的口袋，并开始盘算着如何使用这笔钱。

这时，他看见餐盘边上还有一张纸，也是整整齐齐地叠着，跟他给妈妈的账单一样。布拉德好奇地打开了，原来，这是妈妈写的账单：

十月怀胎生他	0美元
教育他	0美元
给他房子住	0美元
接送他上学	0美元
供给他衣服和食物	0美元
给他买玩具	0美元
带他去旅游	0美元
生病时照顾他	0美元
总共应付给妈妈	0美元

布拉德看完，脸"刷"地一下就红了。沉默了一会儿，他勇敢地把8美元还给了妈妈，并对妈妈说："是我不对！妈妈，我爱你！"

给自己加油

　　布拉德的账单，是索取，震撼了妈妈；妈妈的账单，是付出，深深地打动了布拉德。

　　金钱可以买到很多东西，但也有很多买不到。它可以买到钟表，却买不到时间；它可以买到药品，却买不到生命……同妈妈的付出相比，我们的付出实在是微乎其微，又有什么理由向妈妈索取额外的报酬呢？爱，无法用金钱来衡量，只能用爱来报答。

在世界的每个角落，我们都能看到母亲的身影，请用最大的荣耀、最美的鲜花给予我们母亲最高的的礼赞。

沙漠中的骆驼

骆驼妈妈领着几只小骆驼在沙漠里行走。它们要穿越这个沙漠，到达梦寐以求的绿洲。

太阳炙烤着大地，好像要把地上所有的水分和生物都蒸发掉。连续走了好多天了，它们还是没有走出沙漠。

"跟着妈妈的影子走吧，那样太阳就晒不到你们了。"骆驼妈妈说。

于是，她用自己的身子挡住灼热的太阳，让小骆驼们走在阴影里，好让它们感到一丝丝的阴凉。

太阳火辣辣的，沙子又是滚烫滚烫的，小骆驼们感觉嗓子里直冒烟。

"妈妈，我好渴，我要喝水……"一只小骆驼说。

"乖，再忍一忍，等我们找到泉水就有水喝了。"骆驼妈妈温柔地安慰着。

"那什么时候才可以找到泉水啊?"小骆驼问。

"很快就可以找到的,再往前走走,前边就是了。"骆驼妈妈说。

其实,她也不知道究竟还要多久才能找到水,但她知道一定要坚持下去,带着孩子们一起走出这片茫茫的沙漠。

又走了很久,它们终于发现了一眼泉水!

小骆驼兴奋地叫了起来。可是,泉水太浅了,小骆驼们伸长了脖子,再怎么努力也喝不到水。

"妈妈,我们喝不到。"小骆驼可怜巴巴地看着妈妈。

骆驼妈妈围着泉水走了几圈,然后说:"孩子们,记住妈妈的话,不管发生什么事情,你们一定要坚持下去,走出沙漠……"

说完,骆驼妈妈用头蹭了蹭每只小骆驼,突然纵身跳入了泉水中。

泉水顿时就涨高了,小骆驼终于喝到了甘甜的泉水。可是,它们的妈妈却再也没有上来了……

给自己加油

母爱的力量是伟大的,它平时看起来很软弱,但在孩子需要的时候,它就会变得无比坚强,像骆驼妈妈一样,为了让小骆驼喝到水,她牺牲了自己。

这样的勇敢和伟大,让每个人都为之动容。其实不只是动物妈妈,我们的妈妈也是这样,为了自己的孩子可以付出一切代价。因为,母爱是世界上所有母亲的共同特征。

天涯海角，无论我们走到哪里，都走不出亲人温暖的目光。

没有上锁的门

有一个小女孩，父母在一次意外的车祸中死亡，从此，她便跟住在乡下的奶奶相依为命。为了安全起见，每天晚上，奶奶总要在门上锁三道锁，然后才搂着她慢慢地入睡。

几年后，小女孩长大了，她很想去看看外面的世界。于是，一天清晨，她早早地醒来，给奶奶留了一封信，就偷偷地离家出走了。

她终于来到了大城市，非常开心。可是很快，新鲜感就没了。而这时，她身上的钱也花光了，但她还是没有找到工作，只得流落街头。每当夜深人静的时候，她便开始想念自己的奶奶。

隔了两年，蓬头垢面的她被遣送回家乡。回到家的那天，天已经黑了。

女孩趴在门缝边看了看，屋里有一丝微弱的灯光，奶奶蜷曲着身子睡着了。

"为什么明明

睡着了还亮着灯呢？"女孩试着敲了敲门，谁知门"吱呀"一声就打开了。

"怎么会没锁门呢？奶奶最怕半夜来坏人了。"女孩吓了一跳，赶紧走到床前，摇着奶奶的身子，边哭边喊："奶奶！"

奶奶睁开眼睛一看，是小孙女！她喜极而泣，激动地坐起来，一把搂紧小孙女，口里喃喃地说："回来就好，回来就好！"

哭了很久之后，女孩从奶奶怀里探出头来，好奇地问道："奶奶，今天您怎么忘了锁门啊？万一有坏人进来了怎么办？"

奶奶平静地说："不是只有今天，自从你走了以后，这门我就从来没锁过。因为我怕你晚上突然回来时，进不了门啊。"

给自己加油

小孙女出走了两年，奶奶的担心和牵挂也跟随了两年。可是当她飞累了，就会深深地感觉到，家才是最温暖的地方。

叛逆的时候，我们总想摆脱家的束缚，一个人出去飞翔，认为外面的世界才充满了真正的自由和快乐。在经历一番挫折后，我们才会意识到，自己的翅膀还很脆弱，根本抵挡不住那迎面而来的风雨。所以还是多学习一些技能吧，等我们羽翼丰满时，再去振翅高飞。

尊重是一缕春风，一泓清泉，它温暖人心，滋润心田。

一把椅子结交了"钢铁大王"

一声闷雷响过，豆子大小的雨点倾盆而下。卡内基老太太步履蹒跚地走进了费城百货商场，她并没有打算买点什么，只是想躲一躲雨。店里的售货员看着这个衣着朴素的老太太，连起码的招呼都没有打，只是任由她在商店里闲逛。

"夫人，需要我帮您做点什么吗？"一个年轻人满脸笑容地走了过来。

"我，只是进来躲雨的……"老太太忐忑不安地说。

"哦，没关系的。您随便看看吧！"年轻人很有礼貌地说完，就转身走了。

没过多久，那个小伙子又走了过来，这次他的手上多了一把椅子。他说："夫人，如果没有想买的东西，也不必为难。给您一把椅子，您坐着好好休息吧。"

两个小时后，雨停了。老太太起

32

身对年轻人说:"今天很感谢你对我的照顾,可以给我一张你的名片吗?"

年轻人双手递上自己的名片,老太太微笑着点了点头,然后颤巍巍地走出了商店。

过了几个月,一封来自苏格兰的信,飞到了费城百货公司的总经理詹姆斯的手中。这封信的内容震惊了整个百货公司——这是一份能给公司带来相当于两年利润的大订单!

詹姆斯惊喜万分。当然,他也注意到了这封信的附加条件——一定要由菲力亲自前往苏格兰收取订单正本。

这封信是谁写来的呢?詹姆斯立即回拨了一个电话给写信人。出人意料的是,写信的人正是美国亿万富翁"钢铁大王"卡内基的母亲,也就是菲力递上一把椅子给她坐的老婆婆。

等菲力飞到苏格兰时,"钢铁大王"卡内基也跟母亲一样,看中了这个忠实诚恳的小伙子。在卡内基的培养下,菲力通过自身不断地努力,最终成为了"钢铁大王"的得力助手,事业一派辉煌。

给自己加油

一把椅子体现了菲力的崇高品质,也成为他日后成功的重要砝码。这并不是运气,而是他用尊重他人的行动为自己创造的一次机会。

菲力的故事告诉我们,生活中,不管是位高权重的大人物,还是不起眼的小人物,都应该被尊重。一个懂得尊重他人的人,才会得到别人的尊重与欣赏。

如果你对一朵鲜花微笑，它那幽远的花香，将蔓延至你的整个生命，由始至终。

自己的床铺不要钱

一个风雨交加的夜晚，一对年过半百的夫妇拎着简单的行李，来到一家旅店。

"不好意思，附近的旅店全部客满了，你们这里还有地方住吗？"男人非常有礼貌地对旅店伙计说。

"对不起，现在我们旅店也已经客满，估计你们找不到落脚的地方了。"年轻的伙计语气里似乎也在替他们担忧，"不过，天气这么糟糕，你们二位一把年纪了，再挨个挨个地去找旅店也不是个办法。"

"要是你们不介意的话，就睡我的床吧！"伙计伸出手，示意他们里面请。

"那你睡哪里？"这对夫妇异口同声地问。

"不碍事的，年轻人嘛，随便哪里趴一会儿或者搭个地铺也可以的。"

第二天一早，老人拿着现金，来到柜台结账，可是小伙子坚决不收他们的钱。他说："要是旅馆的床铺，那收钱就合情合理,我自己的床铺,怎么也能拿来收钱赢利呢?"

"年轻人,我很感激你。过些日子或许我可以给你盖个大旅馆,让你成为美国一流旅馆的经理。"

伙计听了,只当是句玩笑话,并没有放在心上。

两年后的一天,年轻人突然收到了一封信,信里有一张到纽约的往返机票,邀请他去繁华的纽约做客。写信的人就是那对暴风骤雨的夜晚来投宿的夫妇。

年轻人来到了热闹的纽约,老人把他带到一座新建成的旅馆门前,问道:"你愿意做这个旅馆的经理吗?"年轻人欣喜若狂,欣然同意了。

没错,那个旅馆就是纽约首屈一指的豪华大酒店——奥斯多利亚大饭店。这个年轻人也就是今天大家都十分熟悉的乔治·波尔特经理,那位老人则是威廉·奥斯多先生。

给自己加油

年轻人拥有一颗为他人着想的心,最终为他带来了丰厚的回报。然而,我们不要期望偶尔的善举,就会给自己带来命运的转折,那不是一个真正有爱心的人的做法。把尊敬长者当成一种习惯,对长辈们多付出一点儿,不去计较回报,你收获到的也许不是一句简单的"谢谢",而是一颗温暖的心。

没有太阳，花园就没有鸟语和花香；没有亲情，生活将没有幸福和依靠。

不准打我哥哥

从懂事开始，弟弟就是我的跟屁虫，我也很乐意带着他到处去玩。后来我们在一所学校念书，也经常在一起。学校外面有一个小沙坑，我跟弟弟常去那里玩沙子。

有一次，我们正在沙坑里比赛堆建筑物。堆着堆着，突然冒出了一个声音："走开，这里是我的'地盘'。"

我抬起头来看了看，是一个比我高一个头的男孩，正怒气冲冲地看着我们。

弟弟没有让步，他咬紧了嘴唇，睁大眼睛瞪着那小子。

男孩看弟弟并不理会他的话，二话不说就直接冲上来，朝弟弟的胸口猛推了一把。弟弟没站稳，向后跌倒在地上，开始哇哇大哭。

我想都没想，发疯似的冲了过去撞那小子。谁知他轻轻一闪，然后抬起腿来，把我踢得往后滚出了一两米。

"不准打我哥哥!"

弟弟义无反顾地挡在我身前。我抬头看看他稚嫩的脸上,分明还有没干的泪水,鼻子也在一抽一吸的。

"不准打我哥哥!"

弟弟又说了第二遍,声音越来越大了。

我惊诧极了,没想到那个平时听我指挥的跟屁虫,居然这么勇敢。

不知是在什么时候,那个恶狠狠的小子已经走开了。我站起来,牵着弟弟往家里走。

一路上,弟弟不停地流泪,却没有哭出声来,口里还在反复地念着:"不准打我哥哥……"

给自己加油

弱小的弟弟看到哥哥被欺负,竟然能爆发出惊人的勇气,这大概就是兄弟之情的力量!

在成长的路上,与你血脉相连的兄弟姐妹,就是下雨时的一把雨伞,感冒时的一杯热茶,变天时的一件风衣……在你需要的时候,他们总会义无反顾地为你撑起一片蓝天。船只在大海航行时,要有避风港的庇护;我们在人生旅途中,也少不了亲人的呵护。

萤火虫的可贵，在于微弱的亮光照耀别人；老师的可敬，在于用自己有限的精力奉献给学生。

等待两分钟

有一天，一所中学最有经验、最受尊敬的一位老教师上公开课，听课的老师们早早地坐到了教室后面。

果然，老教师谈吐自如，课讲得生动有趣，学生们积极互动，整个教学进行得非常顺利。

学生们个个聪明伶俐，老教师只要稍微指点一下，就没有一个问题难得倒他们。这时，老师提了一个问题，并点名让一个胖胖的学生回答。

他站了起来，满脸通红，却不说话。教室里安静极了，每个人的呼吸声都能听得到。

场面有点儿尴尬，听课老师的心都提到了嗓子眼上："这个学生怎么不回答呢？这可是一堂优秀的公开课啊!"

所有的人都以为老教师会及时地让那个学生坐下。但他没有这样做,反而是一直微笑地看着这位学生。

两分钟过去了,大家绷紧的神经几乎就要爆炸了。不过就在这时,那个学生终于结结巴巴地开口了。原来,他是有点儿口吃。

下课后,一位听课老师对老教师说:"您的课上得真好。不过在那个学生答不出问题时,您为什么不让他坐下去呢?"

老教师说:"当时的情况是谁也不愿意看到的。但是如果老师着急了,学生会更着急,更加说不出话来。如果我断然让他坐下去,他以后肯定不敢再开口了。比起我的公开课,他的成长更重要。所以那一刻,我决定为他等待两分钟。"

给自己加油

两分钟不长,和40分钟的一堂课相比,它微不足道。但是等待两分钟,却可以改变一个口吃的学生的一生。老教师的选择是正确的,这两分钟胜过两个小时的谈话和鼓励。

老师教我们知识,助我们成长,老师像一轮灿烂的骄阳,用爱心和耐心去温暖每一位学生,给我们带来信心和勇气。

老师是辛勤的园丁，我们是娇嫩的花朵。每一次绽放都有老师辛勤的汗水。

传递爱的午餐盒

由于家离学校很远，许多学生都在学校食堂搭餐。可是学校的伙食很不好，一周基本上天天都是白菜、萝卜。

不过，条件好一点的学生，都从家里带菜来学校。可是晨晨的家里太穷，妈妈每天只能给她准备些酸菜，时间一长，晨晨便营养不良，个子瘦瘦小小的。

有一次，上体育课的时候，晨晨跑着跑着就晕倒了，体育老师连忙把她背到房间里休息。很快，班主任就来了，看看晨晨瘦弱的身体，她心疼极了。

体育老师说："晨晨是典型的营养不良，必须多吃点荤菜。"

吃午饭的时候，班主任叫晨晨："陪老师一起吃饭，好吗？我们说说学习，或是拉拉家常。"

晨晨答应了。可是等她坐下来后，班主任却把鸡蛋和肉放进她的碗里。其实教师的伙食也不怎么样，只不过比学生多了两个鸡蛋和几片肉。

于是，晨晨着急地说："老师，您自己吃！"说着，她就要把菜夹回去。

班主任说："我最近要减肥，姑娘家太胖了不好看，你帮我消灭它们，好不好？"

晨晨信以为真，就接受了。

从那以后，班主任总是有那么多理由顺理成章地分一些肉跟鸡蛋，放到晨晨的午餐盒里来。

后来，晨晨渐渐明白了，不是帮老师解决了"浪费"这个"问题"，而是老师为了她的身体编出的"谎言"。

高考填志愿的时候，晨晨毫不犹豫地选择了师范院校，心里暗暗发誓："我要将午餐盒里的爱，继续传递下去。"

给自己加油

班主任用爱帮助了晨晨，同时也用"谎言"维护了晨晨的自尊，这成为晨晨生命中最生动的一课。

在艰苦的环境里，面对家庭贫困的学生，老师总会给予特殊的关爱。这些关爱，不张扬、不起眼，却丝丝地沁入孩子们的心田。在关爱学生时，老师总会顾及学生的自尊，编织善意的谎言，委婉地请学生"帮忙"，这样用心良苦、体贴周到的老师，学生又怎么会忘记呢？

曙光把我们带入明媚的早晨,老师把我们引向壮丽的人生。

老师的手

在美国的一个偏僻村庄里,有一个叫布鲁克的孩子。他的家庭条件非常差,书包已经很旧了,衣服裤子上补丁挨着补丁,就连上学的钱都是四处借来的。

在学校里,同学们都看不起他,不愿意跟他玩。他非常伤心,常常躲在角落里暗自哭泣。

有一天,老师正好经过,看到布鲁克在哭,关心地问:"布鲁克,发生了什么事,你为什么哭呢?"

布鲁克一边抽噎,一边把事情的原委说了出来。

老师紧紧地握着他的手,温柔地说:"布鲁克,不要太在意别人的话,让老师成为你的好朋友,好吗?"

布鲁克擦干眼泪,重重地点点头。

从此,这个老师每天都握一下布鲁克的手。布鲁克再也不躲起来哭,每天都过得很开心。说也奇怪,同学们渐渐发现布鲁克很好相处,都和他做起了朋友。

不知不觉,感恩节到了。

老师说:"大家最想要感谢的是什么呢?现在可以把它画下来。"

同学们听了,嘻嘻哈哈地开始画起来,有的画妈妈,有的画老师,有的画太阳……

而布鲁克却画了一只手,并在旁边注明:这是老师每天握我的那只手。

老师看到这张画,也深受感动,眼睛里充满了泪水。

给自己加油

帮助布鲁克走出阴霾的,不仅是老师那温暖的手掌,更是那颗充满关爱的心。

因为老师那沾满粉笔末的双手,我们才能学到知识;因为老师那慈善的谆谆教导,我们才会茁壮成长。一次握手,一句话语,一个眼神,都是老师的关怀,像和煦的春风,温暖了我们的心灵;像蒙蒙的细雨,滋润了我们的心田;像明亮的灯塔,照亮了我们的人生。

不管一个人取得多么值得骄傲的成就，都应该饮水思源，应当记住自己的老师为自己的成长播下最初的种子。

巴尔扎克和他的老师

大文豪巴尔扎克成名以后，开始变得自大起来。

一天，一个白发苍苍、拄着拐棍的老妇人拿着一个破旧的小学生作文本，前来请教巴尔扎克。

这个作文本皱巴巴的，封面和内页都已经泛黄。

老妇人说："尊敬的巴尔扎克先生，您能看看这些作文，给点儿意见吗？"

巴尔扎克点点头，接过了作文本。

"以您的眼光来看，这个孩子的作文写得怎么样？将来能有一点儿成就吗？"等巴尔扎克看了一会儿后，老妇人礼貌地问了一句。

这些作文确实写得不怎么样，巴尔扎克很奇怪老太太为什么要跑这么远来问他的意见，于是开口问道："您是这孩子的母亲还是祖母？"

"都不是。"老妇人摇了摇头。

"那您是他的监护人?"

"也不是。"老妇人还是摇头。

"那,我就直接说了吧。"巴尔扎克提了提嗓子,语气坚定地说:"这个孩子的作文字迹潦草,说明他学习态度不端正,做事不认真;语句有些不通,还有错别字,说明他写作文从来不检查,马虎了事。这样发展下去,肯定一事无成。"

"就这么看了一会儿,您就判断出来了?"老妇人并不急着发表意见。

"是的,我已经看出来了。"巴尔扎克没有一丝犹豫。

"可是,巴尔扎克先生,您知道他现在已经是大名鼎鼎的作家了吗?"老妇人这才和盘托出,"这是您自己小时候的作文本啊!"

这下,巴尔扎克认出了面前的这位老人,正是自己童年时的老师。他满脸羞愧地说:"想不到老师您还保留着我小时候的作文本啊,我做事实在是太武断、太草率了,今后,我一定要改!"

老师欣慰地点了点头,满意地回去了。

给自己加油

春蚕到死丝方尽,蜡炬成灰泪始干。我们的老师倾尽毕生的精力,一心想将我们培养成才。很多时候我们都会感叹,老师就像我们的爸爸妈妈一样,为我们的成长呕心沥血,却从来不求任何回报。所以,无论岁月过去多少载,无论我们拥有怎样的成就,老师的恩情永不能忘,老师始终是我们最值得尊敬的人。

山外有山，人外有人，强中自有强中手。只有虚心向学，才能成就更棒的自我。

李白找"诗仙"

唐代著名诗人李白，一生最大的两个爱好就是写诗和喝酒。

一天，李白正在一个街头小店买酒，突然听到一个声如洪钟的老人在吟一首诗：

"负薪朝出卖，沽酒日西归。借问家何处？穿云入翠微！"

"好诗，好诗！"李白在心里暗暗赞叹了一番。

经过打听，他得知这个老人名叫许宣平，是个因为愤世嫉俗而隐居深山的诗人。

"还有这样一个志同道合的人啊！"李白太高兴了，连忙转身出去追这个老人。谁知，老人健步如飞。追过很长一段路后，李白累得气喘吁吁了，还是没有追上。

那天晚上，李白辗转反侧，难以入睡，心想今天居然让我碰到了"诗仙"，这千载难逢的机会，可不能错过，明天一定要早早起来，去小镇上找他！

第二天，李白在卖柴火的地方等到了太阳落山，也没看到老人的踪影。

第三天、第四天，也是一样。

第五天，李白干脆背起酒壶，带上干粮，去深山里找。这次，李白的决心下得很大，他对自己说："找不到'诗仙'，我李白就不出这座山了。"

整整一个月，李白几乎连山上的小花都认识了，还是没找到老人的影子。

"再困难我也不能放弃！"李白再一次给自己鼓了鼓劲，继续寻找"诗仙"。这一找，又过了一个多月。

功夫不负有心人，他终于见到了许老先生。

李白居然向自己请教，许翁觉得愧不敢当，他对李白说："你是诗海，我是诗歌的水滴。一片茫茫大海，怎么可以向一滴水请教呢？"说完就想转身离去。

情急之下，李白只好拖住先生的衣袖，苦苦叙说了这三个月找寻许翁的经历。

后来，许翁也被打动了，伸手拉住李白，将他带回住处。

从那以后，人们经常可以在那座山下，看到李白和许翁一起欣赏美景，饮酒吟诗。

给自己加油

很多古人，都会因为别人偶然一次的指点，拜对方为"一字之师"。

李白在成名之后，还仍然谦卑地向隐居的无名诗人请教，这种精神更是难能可贵。由此可见，比我们懂得更多的人大有人在。不光是学校的老师，还有周围的人们，都会有值得我们学习的地方。

尊重他们，拜他们为师，虚心向他们学习，才会让我们的知识更加丰富。

让真闪耀

只有诚实守信，才能获得别人的信任和尊重。

雪夜小哨兵

夜幕降临了，雪下得越来越大了，鹅毛般纷纷扬扬。没多久，洁白的雪花便装饰了城市的每一个角落。

一位巡逻的武警战士拐过街角，看见一个小男孩安静地站在角落里，头上和身上落满了雪花，小脸冻得红红的，显然已经在那里站了很久了。

武警战士走过去，关心地问："小朋友，你在等人吗？"

"不是。"小男孩睁大了眼睛，一眨不眨地盯着武警战士肩上的徽章，羡慕地问："叔叔，你是战士吗？在巡逻吗？"

顺着小男孩的目光，武警战士拍拍自己肩上的徽章，"是，我在巡逻！现在告诉叔叔，这么晚了，你怎么还不回家？"

"叔叔，我也是战士呢！"小男孩神气地一挺胸，自豪地说："我和伙伴们在玩'打仗'的游戏，我的任务是站岗放哨。"

武警战士四下瞧瞧，周围一个人也没有，看来他的伙伴们已经将他遗忘,各自回家了。于是,他笑着说:"小朋友,天很晚了,游戏已经结束了,你快回家吧!"

小男孩坚定地摇摇头:"不,叔叔!接受任务的时候,我对伙伴们保证了,没有命令,绝不离岗!"

武警战士愣了一下,赞许地点点头,认真地行了个军礼,庄重地说:"你已经很出色地完成了任务。现在,我命令你立刻回家!"

"是!"小男孩举起手,有模有样地回了一个军礼,然后蹦蹦跳跳地回家了。

给自己加油

诚信是立身之本,是人生的重要美德,是一切美好品格的基石。

诚信是苍劲的青松,肥壤沃土中能茁壮成长,悬崖峭壁也能傲然向上,不为环境的恶劣而改变,不为条件的艰难而放弃。

一个人拥有诚信,便如同山间的溪水,纯净清冽,一路奔腾必能汇成广袤的大海。

外表美丽并不代表什么，具有真实的本领才能得到别人的尊重。

小孔雀捕鱼

一只美丽的小孔雀站在湖边，正梳理着自己漂亮的羽毛。

忽然，一只鱼鹰从天而降，啪地叼起一条鱼飞上了天空，溅了小孔雀一身水。

小孔雀抖着身上的水珠，冲着鱼鹰气哼哼地说："会捕鱼有什么了不起？黑不溜秋的东西，难看死了！"

鱼鹰听了这话，飞到湖边，把鱼放在地上，不紧不慢地说："会捕鱼是没什么了不起，但能填饱我的肚子；浑身黢黑是很难看，但能保护我不被猎人发现。你的羽毛漂亮有什么用？又不能给你带来食物，只能让你成为猎人追击的目标！"

小孔雀急了："我不但长得比你好看，捕鱼的本领也比你高强！"

鱼鹰笑着说："是吗？那明天早上我们比试捕鱼，看看到底谁的本领大！"

小孔雀没办法，只好答应了。

第二天早上，小孔雀先来到湖边，把一条鱼藏在草丛中，然后装模作样地捕鱼。

不一会儿，鱼鹰从天上飞下来："小孔雀，你捕到鱼了吗？"

"哼，你自己看吧！"说着，小孔雀把鱼从草丛里拽出来，神气地说，"比你捕的鱼大多了吧？"

鱼鹰翻看着鱼，立即哈哈大笑："这条鱼早就不新鲜了，我要亲眼看你捕到大鱼才相信！"

小孔雀没辙了，硬着头皮迈开腿，哆嗦着往湖里走。

一只鹈鹕飞过来，关心地说："孩子，昨天送给你的鱼吃完了吗？你又不会游泳，千万不要下河！想吃鱼告诉我一声，我给你捕！"

"哈哈……"鱼鹰大笑起来，"小孔雀，原来你是这样捕鱼的呀。"

小孔雀羞红了脸，飞快地跑走了！

给自己加油

外表的美丽，光彩夺目，却容易随着时间的流逝而褪色；

知识的美，却能散发永恒的魅力，时间的流逝不会让它褪色，反而让它更加迷人。

所以，知识比外表更重要，如果你希望自己永远美丽，那就先用知识武装自己的头脑。

名声与尊贵，不会藏在锦衣华服中，而是来自真才实学里。

小狮子的皇冠

狮王是一个严厉的父亲，每天都督促小狮子学本领。有一天，小狮子趁狮王不注意，偷偷溜出了家门。

"哈哈，现在我可以自由自在地玩耍了。"小狮子躺在软绵绵的草地上，兴高采烈地打起了滚。

忽然，他看见不远处有许多狗尾巴草，就突发奇想，用狗尾巴草编了一顶皇冠。

他戴着皇冠，跑到水边一照，得意极了："这哪里是瘦小的小狮子啊，分明就是一位威武的狮王！"

这时，一只小猴子走了过来。

小狮子见了，命令道："没看我戴着皇冠吗？我是狮王，去给我弄点儿喝的来！"

小猴吓坏了，赶紧给小狮子摘来两个椰子，然后一溜烟地跑了。

不一会儿，小花猫叼着一条鱼跑来了。

小狮子大吼一声："没看我戴着皇冠吗？我是狮王，快把吃的放下。"

小花猫吓了一跳，

乖乖地把鱼放在地上，撒腿就跑。

小狮子一边吃鱼，一边喝椰汁，得意极了："有了这顶皇冠，还学什么本领啊？"

吃饱喝足后，小狮子看见大灰狼迎面走过来，就大吼道："快给狮王找个好玩的地方！"

大灰狼看了看小狮子，心里偷偷一乐，立即弓着腰讨好地说："没问题，马上带您去。"

说完，他驮着小狮子往森林里跑，直到跑进密林深处，才把小狮子放下来，奸笑着问："狮王，这个地方您还满意吧？"

小狮子看着四周，安静得令人害怕，于是说："还行，不过我现在要回家了，你把我送回去吧。"

"既然来了，就别想走了！"大灰狼恶狠狠地说。

"我是狮王，你敢不听我的命令？"小狮子惊慌地说

"命令？哈哈哈……"大灰狼狂笑道，"戴个草帽就是狮王了吗？"

说着，大灰狼向小狮子扑去。小狮子一低头，大灰狼咬到"皇冠"上。

就在这时，"嗷——"传来一声狮吼，那是狮王的声音。

小狮子听了，狂跑起来，嘴里喊着："爸爸，救命呀！"

给自己加油

不通过学习，就无法获得知识；没有知识，就不可能变得强大。因此，一个不学习的人，即使拥有强大的外表，也是一只外强中干的纸老虎。

知识可以增长人的智慧，武装人的头脑，强大人的内心。如果你想让自己变得强大起来，努力学习是最快、最好、最有效的一种方法。

一味地读书而不认真思考，只会被书本牵着鼻子走，成了没有大脑的机器。

米芾学字

米芾从小就喜欢练字，写过的纸叠起来比他人还高，可是字却没有什么长进，于是他拜一位有名的书法家为师。

老师翻出一本字帖，让米芾临摹。米芾埋头苦练，很快又用完了厚厚的一沓纸。

这天，老师检查了米芾的字，生气地说："你写成这样子，还好意思当我的学生？"

米芾连忙恳求："老师，请给学生指点一下。"

老师说："要我教你也行，不过你得买我的纸，五两银子一张。"

这纸太贵了，家里不一定买得起。可是米芾实在太想学书法了，只好回家拿钱。母亲把仅有的手镯卖掉了，换来五两银子。

米芾手捧着那张纸，心想："这张纸这么贵，我可不能轻易下笔。"

因此，米芾认真地看着字帖，钻研每个字的结构，反复思考该如何落笔。一天过去了,竟然一个字都没有写。

老师问他:"你怎么一个字也没写?"

米芾说:"纸太贵了,我得想好了再写。"

老师又问:"那你现在想好了吗?"

米芾闭上眼睛,字立即从脑海里浮现出来,一笔一画都那么清晰。他睁开眼睛,自信地提起笔,在纸上写了个"永"字。

老师看后,满意地说:"以前你练字虽然刻苦,但是并没有用心琢磨,只是机械地模仿。可是今天,你用心思考了每个字的结构,下笔自然有神了。"说完,他把那五两银子还给了米芾。

从此,米芾更加用心地练字,终于成了宋朝著名的书法家。

给自己加油

孔子说:"学而不思则罔;思而不学则殆。"如果学习知识而不思考,就不能学以致用;如果苦思冥想却不读书,就学不到真正的知识。

我们要刻苦地学习,更要聪明地学习。学习是思考的基础,思考是学习的升华。把它们结合起来,才是牢牢掌握知识的最好办法。

学习好比上楼梯,如果不一级一级地踏上台阶,就到不了最顶层。

纪昌学箭

古时候,有个叫纪昌的人,拜神箭手飞卫为师,学习射箭的本领。

飞卫说:"射箭很简单,不过第一步,你要做到不眨眼。"

纪昌不知道眨眼和射箭有什么关系,但还是回到家,躺在织布机下面。从早到晚地盯着织布机上来来回回的梭子。一天,两天,一个月,两个月……纪昌的眼睛练得又酸又痛,还不停地流泪。

就这样过了两年,有一天,妻子看纪昌练得那么专心,就拿起锥子,假装要刺他的眼睛。锥子的尖都到了眼皮上,纪昌的眼睛还是一眨不眨。

纪昌兴高采烈地去找飞卫:"我能做到不眨眼睛了,现在可以学习射箭吗?"

飞卫说:"还差得远呢,你只是完成了第一步。第二步就是练习把小的东西看大。你回去练吧,练好了再来找我。"

纪昌回到家,拔了一根头发,一头拴上只虱子,另一头吊在窗口。他全神贯注,时刻盯着虱子看。

刚开始,眼前只是白茫茫一片,什么都看不到。慢慢地，能看到一个小黑点了。三年过去了，那个小虱子变得越来越大，简直跟车轮一样大了。

当纪昌再看其他东西的时候，惊讶地发现，它们全都变大了。筷子像竹子那么粗，馒头像小山丘那么大。

纪昌高兴极了，急忙跑去找飞卫："现在我看虱子，它有车轮那么大呢。"

飞卫笑着说："很好，你可以学习射箭了。"说完，他开始认真地教纪昌射箭。

教完纪昌后，飞卫说："你回家练习，能射中虱子了再来找我。"

回家后，纪昌按照飞卫教的方法，用箭去射小虱子。终于有一天，他一箭射中了虱子的中心，而拴着虱子的头发却没断。

纪昌高兴地去找飞卫："我能射中小虱子了！"

飞卫对纪昌说："你已经掌握了射箭的要领，只要继续练习，一定能把箭射得更好。"

后来，纪昌按照飞卫的话，更加刻苦地练习，终于成了百发百中的神射手。

给自己加油

不仅是射箭，做任何事情都是这样，只要一步一个脚印，不断地努力练习，就一定能取得成功。"罗马不是一天建成的"，再伟大的数学家，第一堂课都要学"1+1=?"。学习如同种树，根扎得越深，长得越好，而急于求成就如同拔"树"助长，恰恰会适得其反。一步一个脚印，才能踏得牢固结实；一点一滴积累，才能学得深厚扎实。

一切成功都源自踏实认真地生活，而不是用无谓的幻想臆造出来的。

乞丐到底什么样

19世纪的法国，有位著名的作家。一位青年慕名前来，请求他指导自己写作。

作家对青年说："你去巴黎第九大街，在第二个十字路口向左拐，那里的广场上有很多乞丐，你选一个，写篇文章告诉大家，乞丐到底什么样。"

青年立刻跑到广场上，写了整整一大篇文章。作家只看了一眼，就说："你明天去，再选一个写。"

第二天，青年递上写好的文章。作家翻了翻，还是让青年继续去描写乞丐。

就这样连着一个月，青年天天都去广场上观察乞丐，然后交上作业。作家也不作什么评价，只是一个劲地让他再观

察、再写作。青年实在不耐烦了,于是问作家什么时候才能学到真正的写作技巧,写出精彩的文章。

作家拿出青年的所有文章,说:"每次,我都让管家拿着文章,去找你写的那个人。第一次,他回来跟我说,满大街都是你写的那个'又老又丑'的老太婆;到了第二个星期,他说,有几个乞丐'很脏,满脸灰尘,头发乱得像鸡窝',不过他还是不能确定到底是哪个。但是,昨天,管家很高兴地告诉我,他一眼就认出了那个'鼻子像世界上最糟糕的木匠,随便削了一块木头安在脸上'的乞丐。"

青年惊喜地说:"原来我有了这么大的进步啊!"

作家把青年带到窗口,指着楼下的看门人说:"描写一个人的外貌,连小孩子都会。但是,谁能只用一句话,就让大家从50个人中把这个看门人挑出来?我让你观察乞丐,就是为了训练你的观察能力。只有基本功练好了,你才可以写出生动的文章啊。"

于是,青年安下心来,从基本功开始,勤奋地苦练写作。后来,他成为了世界文学史上的短篇小说巨匠,开创了属于自己的辉煌时代。他就是19世纪法国作家——莫泊桑。

给自己加油

创作都是从生活中诞生的,因为只有从生活中汲取知识和营养,才能寻找到创作的光芒。但创作是一个循序渐进的过程。它不是突然出现的,而是在学习别人或者模仿别人,甚至抄袭别人的过程中,慢慢积累才再走上"创造"的路。

你也想创作吗?先从最简单的知识和技巧开始吧,脚踏实地之后,才能学会奔跑。

当大家都能坦诚相待的时候，世界就会变得更加纯洁。

劫匪保镖

这个冬季的夜晚格外寒冷，玛丽亚五岁的儿子努基突然发了高烧，全身上下滚烫得十分吓人。

玛利亚慌忙用被子将儿子紧紧裹住，然后抱着他上了车，并让司机尽快将车开到医院。

当车子行到一个岔路口时，玛利亚焦急地看着怀中昏睡不醒的儿子，咬了咬牙，对司机说："走右边吧。"

要知道，走右边的小路可以少行十多公里。但是，这条小路很不安全，经常会有歹徒出没。

车子在小路上行了没多远，司机发现路中央躺了一个衣衫单薄的男人。当他下车查看的时候，那个男人却从地上跃了起来，冲进车中并掏出手枪，轻轻抵在玛利亚的腰间，说："夫人，将你所有值钱的东西都拿出来。"

玛利亚吓得不敢动弹。由于歹徒进门带来的一阵刺骨凉风，昏睡的努基醒了。

他迷迷糊糊地看着车中只穿了一件单薄外套的劫匪，关切地问："叔叔，你怎么穿得这么少，不冷吗？"

劫匪一愣，没有回答。

努基又转过头对妈妈说："妈妈，你看这个叔叔穿得这么少，一定很冷，我们将被子送给他好吗？"说完，他挣扎着要掀开被子，给劫匪披上。

玛利亚不敢拒绝，只好颤抖地用手将被子递给劫匪。劫匪看着满脸通红的努基，问玛利亚："他生病了吗？"

玛利亚赶紧回答："是的，他突然发了高烧，我们正要赶往医院。"这时，努基又沉沉地睡着了。

劫匪将被子盖回努基的身上，悄悄收起了手枪，不再说话。

司机继续将车往医院开去。

当车子快要到公路的时候，劫匪低声训斥玛利亚："记住，下次别再走这条路了，这简直就是在拿你和你儿子的命开玩笑！好了，到了这里你们就安全了。上了公路往左拐，前面就是医院。"

说完，劫匪跳下了车，迅速消失在茫茫夜色中。

给自己加油

小努基用真诚和善良感动了劫匪，唤起了他内心最深处的良知，最后挽救了自己和妈妈的性命。

真诚，可以化难为易；真诚，可以化险为夷。一句真心的关爱，一句诚挚的祝福，如同温暖的阳光，能将冬日的冰雪融化，能使冰冷的心灵逐渐燃烧。真诚，是一种无形但也让人无法抗拒的力量。

如果与别人沟通只想从对方捞点好处，那就无法达到真正的沟通。

最成功的推销员

麦克是一个汽车公司的推销员，也是最棒的推销员。大家都说，即使要麦克把船卖给沙漠里的人，他也能做到。

在公司的庆祝年会上，新来的推销员们缠着麦克问："为什么客户很容易就相信你？你一定有什么秘诀！"

麦克喝了一口酒，笑着说："当然有秘诀，这还是一个客户教给我的。"

大家急切地说："什么秘诀？你快说说。"

"我刚开始当推销员的时候，满脑子都想着怎么尽快把汽车卖出去，好多多赚钱。所以，我时常给客户推荐那种价钱贵的车，可是我的业绩很不好。

"有一天，快下班的时候，来了位先生，我赶快上前接待，问他想要什么样的车。老实说，我根本没用心听他说什么，只想着赶快做成这笔生意。说完之后，那位先生请我给他推荐几款车。

"我来了精神,把公司最贵的车都说了一遍,还许诺给他最大的优惠。谁知道那先生突然生气了,对我说:'你压根没听我刚才说的吧。我有两个孩子,所以想要一辆座位多的车,而不是那些只有两个座位的敞篷跑车!你只想着赚钱,根本没有考虑我的需求,这种态度让我怎么相信你!'说完,那位先生怒气冲冲地走了。

"那些话像一记闷棍打醒了我,我顿时明白了一个道理:在跟客户的沟通中,真诚的态度是最重要的,你得真正为他们着想,了解他们想要的。

"从此以后,每碰见一个客户,我都先认真倾听,然后再根据他们的需求推荐汽车。车子有什么缺点,我也毫无保留地告诉他们。即使是无法卖出车子,我也要让他们知道,我是有诚意跟他们沟通的。

"说来也奇怪,当我不再想着赚钱的时候,反而做成了更多的生意。我想,这就是真诚的力量。"

听完故事后,新的推销员们默不做声,良久才醒悟过来。

给自己加油

只想着自己的利益,不为他人着想,即使说得天花乱坠,也无法打动对方;相反,始终保持一颗真诚的心,事事为对方考虑,即使再简单的语言,也能直入人心。

真诚的语言,就如同冬日的火焰,融化人冰冷的内心;就如同夏日的细雨,滋润人干涸的心田。真诚是双向的,当你向别人付出真心的时候,收获的也将是真诚和信任。

有效的沟通始于真正的倾听，用心去倾听，你才能懂得对方真正的心声。

我还要回来

林克莱特是美国知名的主持人。他的主持风格平易近人，深受观众们的喜爱。

一次，一位6岁的小朋友来参加节目，聊了一会儿后，林克莱特问："你长大后想当什么？"

"嗯……"小朋友偏着脑袋，想了好一会儿，认真地回答："我要当飞行员，这样我就能像小鸟那样，在天空中自由自在地飞来飞去，说不定还能和白云握手呢！"

听到这样天真可爱的回答，现场的观众善意地笑了起来。

"听起来是个不错的职业哦，不过，飞行员也不是那么好当的。"林克莱特看着小朋友，"如果有一天，当你驾着飞机飞到上空时，所有的引擎全熄火了，下面又是汪洋大海，你会怎么做？"

小朋友又不自觉地偏着脑袋，思考了好一会儿，一本正经地说：

"我会先让飞机上的人绑好安全带,然后我一个人挂上降落伞跳出去。"

和上次的回答相比,这个答案让人大跌眼镜,观众们笑得东倒西歪。

林克莱特也乐了,好笑地想:这小家伙还挺自作聪明的。

出乎所有人的意料,孩子没有跟着一起笑,他表情凝重,眼眶里盈满泪水,最后两行热泪夺眶而出。

林克莱特大吃一惊,孩子的脸上分明写着哀伤和同情。他突然意识到,答案或许没这么简单,于是他继续问道:"你为什么要这样做呢?"

"我要去拿燃料,拿到燃料后我还要回来!"小朋友天真地回答。

观众们被他真挚的想法打动了,纷纷停止大笑,为他送上最热烈的掌声。

林克莱特后怕地想:幸好追问了一句,不然我们就误会了他如此纯真的心。

给自己加油

听别人说话时,你能听懂话里的意思吗?尤其是天真的童言童语,你真的听懂了吗?

说话是一门艺术,听话更是一门艺术。首先,听话不要只听一半,耐心一点,听完再发言也不迟。其次,多想想一句话的意思,不要总按照自己的想法来思考,否则你将只听到你想听的,而没有真正听懂说话人的意思。

最有效的沟通不是交谈或安慰,而是一句话也不说,保持沉默,用心倾听。

一则死亡通知

威尔是一名实习记者。他很羡慕那些"资深记者",可以跟那些大人物沟通,得到最重要的消息。

一天,威尔在办公室接到一个电话:"你好,我,我想要在报纸上发个消息,有个人马上要去世了。"

"人名,原因,时间。"威尔漫不经心地说。

"人名是莱斯,原因是煤气中毒,时间还不知道,不过快了。"

"你是怎么知道的呢?"威尔警觉起来。

"因为我拧开了煤气开关……现在,我很难受,很想睡觉。"

威尔马上意识到这个人想自杀,于是连忙写了张纸条,让同事快报警。

然后威尔深吸了一口气,尽量冷静地说:"等等,莱斯,我还需要一些别的信息。"

"我,我失业了,妻子也离开我了……"莱斯有气无力地说着。

威尔集中精神听莱斯说话,还不时鼓励他:"说下去,莱斯,我在听,多说一点儿。"

莱斯的声音越来越小，忽然，"扑通"一声，莱斯好像摔倒了，接着一片寂静。

威尔冲着话筒大声喊道："莱斯，坚持住，你还没讲完呢！"

这时，话筒里传来警笛声和救护车声，然后是门被撞开的声音。

不久，一个陌生的声音在电话那头传来："我是警察，你是？"

威尔告诉他事情的经过，问："莱斯怎么样了？"

"是你一直在让他说话吗？急救人员说幸好他保持着意识，所以还有救。我们马上要回警局了，谢谢你。"

威尔挂了电话，对同事说："他得救了。"

大家纷纷拥抱威尔，夸他做得好。

到了月末，总编宣布将本月的"最佳记者奖"颁给威尔。威尔吃惊极了，一位"资深记者"说："这是你应得的，因为你已经掌握了当记者的基本要求。"

"可我只不过是听他说话啊。"威尔谦虚地说。

"你要知道，在沟通中，倾听就是最大的美德！"

给自己加油

倾听是爱的桥梁。认真倾听，是一种教养和尊重。

充满积极和肯定的倾听，让他人能够感受到鼓舞，充分表达自己，使紧张的神经得到放松，使受伤的心灵得到安慰。

懂得倾听的人，一定是和蔼可亲、值得信赖的人；懂得倾听的人，一定是宽容善良、懂得生活的人。

诚信是雨，可以洗涤人们心灵的尘埃；诚信是雷，可以震撼人们的灵魂；诚信是灯塔，照耀人类前行的道路！

买啤酒的孩子

一群摄影爱好者来到了一个山脚下，他们看到风景很美，却不知道如何上山。正在这时，一个小女孩向他们走来。

看到小女孩，摄影爱好者们非常高兴："小朋友，你对这里熟悉吗？"

"熟悉，我经常来这里玩儿。"小女孩回答。

"那好，你能给我们带路吗？我们可以给你一些报酬买好吃的。"摄影爱好者们高兴地说。

"太好了，我可以给妈妈买礼物了。"小女孩高兴地跳起来。

在小女孩的带领下，摄影爱好者们上了山。山里的风景真漂亮，摄影爱好者的照相机响个不停。

到了一个山谷，他们停下来休息。"要是现在有啤酒喝就好了。"有人提议道。

"我可以去帮你们买。"小女孩自告奋勇地说。

"好，那谢谢你了。"摄影爱好者们给了她一些钱，"帮我们买10瓶啤酒回来，剩下的钱就当

作你的辛苦费了。"

小女孩拿着钱出发了,摄影爱好者们等啊等啊,几个小时过去了,小女孩都没有回来。

"她不会是拿着我们的钱跑了吧!"

"肯定是的,她不是正好需要钱给她妈妈买礼物吗?"

"就是,看上去这么老实的一个孩子,还会骗人!"

大家议论纷纷,都觉得小女孩拿着钱跑了。大家开始收拾东西准备走了,他们对小女孩非常失望。

就在这时,小女孩提着酒瓶,满身泥泞地出现在了他们面前。

"对不起,我回来晚了。"小女孩说道,"第一个地方没有足够多的酒,我到了第二个地方才买到的。回来的时候走得急,结果摔了一跤,打碎了4瓶酒。"小女孩拿着破碎的玻璃瓶,哭着把剩下的6瓶啤酒递给他们。

"辛苦费我就不要了,算是赔你们的。"小女孩从兜里掏出一堆零钱。

在场的摄影爱好者们,谁都没有去接这些钱。他们知道自己错怪了小女孩,正在心里自责。

给自己加油

诚信是什么?诚信是为人的根本,是人与人交往的基础。一个讲诚信的人才会得到别人的尊重和爱戴,相反,一个没有诚信的人就会受到人们的唾弃和不齿,最后被人们疏远。

正如德国诗人海涅所说:"生命不可能在谎言中开出灿烂的鲜花。"在诚信的人的眼中,世界是干净、透明的,而爱的生命之花正在里面悄然绽放。

真诚是人与人之间的桥梁，执着是桥上最坚固的绳索，唯有这两样最能打动人心。

三顾茅庐

东汉末年，刘备为了对抗曹操，复兴汉朝，派人到处搜罗能人贤士。

这时，有人对他说："听说襄阳城西南面的卧龙岗，住着一位卧龙先生。他上知天文、下知地理，对天下大势了如指掌，并且料事如神。如果你能请他出山，定能成就大业。"

刘备听了非常高兴，立刻和结拜兄弟关羽、张飞一起前往卧龙岗，请卧龙先生出山。

不料，门童告诉他们，卧龙先生出门拜访朋友去了。

刘备三人在卧龙先生门口等了一会儿，不见他回来，就对门童说："请你转告你家主人，说刘备来拜访过，以后还会再来。"

过了不多久，刘备又和关羽、张飞冒着寒风大雪又来拜访卧龙先生。没想到，这次先生又出门闲游去了。

刘备问门童："你难道没把我的话转

告给你家主人吗?"

"我已经转告给主人了,可是,主人说他是不会出山的,请你们不要再白费力气了。"门童回答。

张飞本不愿意再来,见此情景,闹着要回去。

刘备只好留下一封信,真诚表达了自己对卧龙先生的敬佩,并说自己还会再来。

回去后,关羽说:"那人也许只是徒有虚名,未必有真才实学,不用去了。"张飞也说:"这次我一个人去叫,如果他不来,我就用绳子把他捆来。"

刘备把张飞狠狠地责备了一顿。几天后,他第三次去拜访卧龙先生。

这次,卧龙先生关着门,正在睡觉。刘备不愿惊动他,一直站在门外,等他醒来。

卧龙先生终于被刘备的诚意感动了,亲自开门把他请进茅庐里。两人坐在一起分析天下大势,谈论当今时局,越谈越投机。最后,卧龙先生答应了刘备的请求,出山帮助刘备出谋划策,并且成就了一番伟业。

他就是历史上鼎鼎大名、用兵如神的诸葛亮。

给自己加油

刘备三顾茅庐,最终用真诚和执着说服诸葛亮,辅佐他完成大业。

真诚是一种主动的行为,它是通往别人心灵最好的道路。对人真诚,就要以执着之心真诚到底,半途而废的不是真诚。只要你一直坚守自己那颗真挚诚恳的心,即便是顽石,也终有被你感动的一天。真诚的交流,获取信任;真诚的合作,赢得成功。

君子一言，驷马难追。诚实是人生的命脉，是一切价值的根基。

迟到带来的损失

一家饭店经理在选择原料供应商时，同时看中了两家肉厂。但这两家工厂各有优势，他一时难以决策。

这天，经理通知两家肉厂的负责人到饭店来开会，并在会议上决定最后的合作伙伴。

A厂的负责人小李和B厂的负责人小孙在楼下的电梯外碰到了。等电梯的人实在太多了，电梯口被围得水泄不通。

小李心想：约好了九点钟开会，再这样等下去，就要迟到了。于是朝楼梯方向走去。

小孙也准备爬楼梯，但一想：会议室可在最顶层，爬十几层楼上去，那不要累死了？于是静静地在楼下等着。

当小李气喘吁吁地推开会议室的大门时，饭店经理已经坐在了那里，不过小孙还没有到。

小李用手擦擦额头上的汗，上气不接下气地对经理说："很抱歉，经理，我迟到了！"

经理微笑着指指墙上的挂钟："不，您没有迟到，是我早到了，现在刚刚九点，您来得很准时！"说罢，他请小李坐了下来。

这时大门响了，小孙不慌不忙地走了进来。他衣着整洁，脸上一点汗水也没有。

"经理，您好，很高兴再次见到您！饭店的生意实在太好了，单看等电梯的客人就知道了！"小孙笑了笑，继续说："下面我们可以谈谈合作的内容了！"

经理摇摇头："对不起，我已经决定同小李签订这份合约了！"

小孙大惊失色："为什么？您还没有听我的合作报告呢！"

经理一脸严肃："实际行动比报告更能说明问题，小李能准时到场，我相信他会比你做得好！"

给自己加油

经理决定与小李合作，看中的不仅是小李的守时，更是守时背后的诚信。仔细想一想，你是否也有过不守时？在与朋友聚会的时候迟到？也许你会认为这没什么，因为现在不守时似乎已经成了一种惯例。殊不知，不守时的人，往往也不懂得尊重别人。谁愿意与一个不尊重自己的人交朋友呢？

诚信，有一种润物细无声的力量，它深入人的心底，唤醒人沉睡的心灵。

做蛙跳的老师

洛伊十分淘气，每天上学都迟到不说，上课时还总爱搞一些恶作剧，成绩也是一塌糊涂。

这次数学测验，洛伊又考了全班最后一名。

课堂上，老师问洛伊："洛伊，你是个聪明的孩子，可为什么总是不肯认真学习呢？"

洛伊低头不语。

老师又说："洛伊，你敢不敢跟老师打赌如果下次考试你能及格，我就到学校的操场上做蛙跳！"

洛伊顿时来了精神："好，一言为定。"

从这天开始，洛伊不再捣蛋了。他每天按时上学，上课认真听讲，仔细地完成课后作业。同学们渐渐发现，洛伊其实十分友善，于是开始喜欢与他交往了，还主动帮助他解决学习上的困难。

很快，第二次数学测验的成绩出来

了。这次,洛伊出人意料地拿到了70分。所有的学生都为洛伊欢呼。

这时,一个学生问老师:"老师,您真的要做蛙跳吗?"

另一个学生说:"老师,如果你去做蛙跳,别的学生和老师看到了会取笑您的。"

老师笑了笑,走过去牵起洛伊的手:"走,我们到操场去。老师说过的话,就一定做到。"

就这样,老师来到操场上,蹲下来一下一下地蛙跳。

突然,洛伊飞快跑过去扶起老师,一头扎进她的怀里,号啕大哭:"老师,您不用跳了,以后我一定听你的话,好好学习,再也不调皮了。"

跟着出来的同学们听了,都情不自禁地鼓起了掌。

给自己加油

在学生心中,老师是神圣而受人尊敬的。可是在老师眼中,自己和学生们是平等的。故事中老师真诚地履行诺言,不仅让洛伊内心受到震动,从而决心改变自己,也得到了其他学生的尊敬。

在漫漫人生路上,诚信是一个人最美丽、最宝贵的品质。一诺值千金,许诺别人的事一定要做到,只有这样,才能赢得更多人的信赖与尊敬。

一个人严守诺言，比守卫他的财产更重要。

赵氏孤儿

春秋时期，晋国有个叫赵朔的忠臣，因为遭到奸臣屠岸贾的诬陷，被糊涂的景公满门灭族，只有怀有身孕的妻子因为是景公的妹妹，才幸免于难，被送回内宫居住。

临死前，赵朔拜托他的两个朋友公孙杵臼和程婴："我死后，请你们一定要保护我的孩子，好好栽培他，让他长大后替我报仇。"公孙杵臼和程婴含泪答应了他的要求。

不久，赵夫人在宫中生下了个男孩，取名叫赵武。屠岸贾听说后，立刻进宫搜查，赵夫人把孩子放在裤子里，这才躲过一劫。

为了保护孩子，程婴把赵朔的儿子抱回自己家里，把自己的儿子抱到杵臼家，然后跑到屠岸贾面前去"告密"："大人，赵朔的孩子藏在公孙杵臼家里。"

屠岸贾于是带人闯进公孙杵臼家，当着程婴的面，摔死了孩子，杀死了杵臼。

面对挚友和亲生儿子的死亡，程婴痛心疾首。但是他咬牙坚持，始终不露一点声色。屠岸贾以为除掉了祸害，放松了警惕。

从此，程婴身负"出卖朋友，残害忠良"的"骂名"，从宫中偷偷抱出小赵武，逃进了深山隐居起来。十几年过去后，赵武渐渐长大，在程婴的指教下能文能武。直到这时，程婴才把真相告诉了赵武，赵武当即含泪跪谢程婴，并发誓报仇。在大司马韩厥的帮助下，赵氏冤情大白于天下，晋国国君诛灭了屠岸贾全族，并恢复了赵家的爵位。

一天，程婴跟赵武说："当初我并非不能去死，但是我要把你抚养长大。现在你已经承袭祖业，我也可以去地下陪伴公孙杵臼了。"说完他就自杀了。

给自己加油

一个愿意为诺言牺牲自己的性命，一个愿意为诺言牺牲自己的孩子，这就是"诺言"的力量。

中国有句古话"一诺千金"，是指一句诺言值一千两黄金，可见诺言是多么的珍贵。所以，不要随便对人许下诺言，作出承诺前必须想一想，你的承诺是否能够实现。切勿信口开河。一旦作出承诺，就要不折不扣地去实现它。

世界上最可怕的两个词，一个叫执着，一个叫认真。认真的人改变自己，执着的人改变命运。

抄论文的傻子

新学期开始了，亨特教授对医学院本届的新生进行了测验，发现很多学生十分聪明，可以说是他碰到过的最聪明的学生。

一天，亨特教授把一本厚厚的论文带到教室，发给学生，说："这是我写的论文手稿，请大家抄写一遍，以便整理成册。"

学生们翻开这些论文手稿，看到字迹非常工整漂亮，心想："根本没有必要重抄一遍，直接整理就可以

了。如果做这种重复又枯燥的工作，简直就是浪费时间，只有'傻子'才会坐在那里抄写。"

于是，学生们都离开教室去实验室了，只有科勒一人老老实实地抄写教授的论文。因此，同学们都叫科勒"最傻的人"。一个学期以后，科勒终于抄完了论文。

当他把整理成册的手稿送到教授的办公室时，教授站起来，握着他的手说："只有你完成了这个工作。可你知道我为什么要你们抄论文吗？"

科勒想了一会儿，还是摇了摇头。

"作为一名医生，聪明是很重要。"教授继续说道，"但更重要的是，一定要有严谨认真的态度。医学研究往往是最烦琐、最枯燥的，但丝毫不能大意，因为那都关系着人的生命。我让你们抄手稿，就是要培养你们这种态度。"

科勒终于明白了，也一直牢记教授的话，用一丝不苟的态度对待学习和工作。

后来，这位被叫作"最傻的人"，获得了诺贝尔医学奖。

给自己加油

在旁人眼中"最傻的人"却成了诺贝尔奖获得者，科勒用认真与执着抒写了一段属于他的传奇。

"认真做事，才能把事做对；用心做事，才能把事做好。"无论做什么都要严谨认真、一丝不苟，这既是对一件事负责，也是对自己的人生负责，这样的人做什么都能做到最好，今后必定大有作为。

诚信是一泓清泉，洗涤虚假，还原真实；诚信是一弯彩虹，点缀岁月，美丽人生。

卖火柴的小男孩

十八世纪，英国一位非常有钱的绅士，一天夜里走在回家的路上。

这时，一个衣衫褴褛的小男孩突然拦住绅士，可怜巴巴地对他说："先生，打扰了，请您买一盒火柴吧！"

"没时间，这么晚了，我正赶着回家呢。"绅士很不耐烦地拒绝了小男孩的请求。

"先生，就请你买一盒吧，很便宜的，一盒才两便士！"小男孩追着绅士说。

绅士看到实在没有办法躲开小男孩，便说："可是我没有零钱啊。"

"这个没问题，先生，你先拿着火柴，我马上去给你换零钱。"说完，小男孩拿着绅士递过来的一个英镑，转身快步跑开了。

可是，绅士在原地等了许久，也没见小男孩回来。绅士叹口气，无奈地回家了。

第二天，绅士正在办公室里工作，秘书走进来对他说：

"门外有一位小男孩要面见你。"

绅士想起昨晚的小男孩，便对秘书说："你带他进来。"

秘书把小男孩带到绅士的办公室。出乎绅士意料的是，这位小男孩并不是昨晚的那位卖火柴的小男孩。

"先生，对不起。这是昨晚要找给你的零钱。"小男孩说，"我哥哥让我送过来的。"

"你哥哥呢？"绅士问道。

"他在回去找你的路上不小心被马车撞伤了，现在正在家里躺着呢。"小男孩回答。

绅士的心微微一颤。他站起来说："走，孩子，我们现在就去看你的哥哥。"

来到小男孩家里，看着独自躺在床上的小男孩，绅士这才知道，他们的父母都去世了，这两个孩子相依为命。

一见到绅士，小男孩连忙吃力地坐起身来："先生，真是对不起，我失信了！"

绅士再次被打动了，他毅然决定担负起兄弟俩所有的生活与学习费用，直到他们长大成人。

给自己加油

诚信是一道绚丽的人性之光，既照亮他人的信任与希望，也照亮自己的道德与灵魂。在人生的长河中，不如意之事十之八九，我们不能因为困境与波折而抛弃诚信。相反，身处险境时，诚信才是最好的救生圈，打开诚信之门，善良、正直、尊重、友谊便会纷至沓来。

即使没有上帝的注视，没有他人的监督，我们也不能放弃自己的美德——诚实。

诚实的空花盆

从前，有个国家非常强大，人民生活富裕，安居乐业。可是国王一天天老去了，膝下却无子。他很伤心，决定在全国的孩子中选定一位来做继承人。

国王选定继承人的方法很独特。他给每个孩子发了一些种子，然后宣布："谁能用这些种子培养出最美丽的花朵，谁就是我的继承人！"

孩子们领取了种子后，都非常认真地施肥、锄草、浇灌，希望能培育出最美丽的花朵。

有一个小男孩也很用心地呵护他的种子。可是，无论他怎么用心，他的花盆里都没长出花的幼苗来。

小男孩很伤心，他问妈妈："为什么我的花始终都不发芽呢？"

妈妈也不知道原因，建议他换换土试试。

小男孩换了土，可是花还是没发芽，他难过得哭了。

赏花的日子终于到了，所有的孩子都穿着漂亮的衣服，捧着娇美的鲜花。他们多么希望自己就是那个幸运儿啊！

只有小男孩捧着一个空空的花盆，垂头丧气地站在一旁。

国王看见了，问他："你为什

么捧着空花盆呢?"

小男孩眼里噙着泪花,委屈地说:"我也精心培育花朵,可是种子却始终不发芽。"

国王听了哈哈大笑,他抱起小男孩,高兴地说:"你就是我要找的人!"

所有的人都疑惑不解。

国王解释道:"我发给你们的都是煮熟了的种子,它们根本就不可能发芽。"

那些捧着漂亮鲜花的孩子听了,都惭愧地低下了头。

给自己加油

不要为空花盆哭泣,那里埋藏着一颗诚实的心。虽然煮熟的种子永远不会萌芽,但诚实的花朵已经在纯净的心灵沃土上绽放。

诚实是世界上最美好的品质,是一个人的立足之本。请相信,只要内心充满正直和诚实,你一定能收获一个美好的前程。

诚信是一坛陈年老酒,历久弥香;诚信是一颗璀璨钻石,恒远坚定。

油灯旁的歌

森林里,一棵树和一只鸟成了好朋友。

小鸟站在枝头,为大树唱着婉转动听的歌;大树挺直腰杆,为小鸟遮荫蔽日,挡风避雨。它们幸福愉快地生活在一起。

秋天来了,天气也渐渐冷了,小鸟要飞到温暖的南方过冬。

临走的时候,小鸟最后一次给大树唱歌,依依不舍地说:"再见,大树!明年春天,我再回来给你唱歌。"

大树说:"再见,小鸟!明年春天,请你回来再给我唱歌!"

"亲爱的朋友,真的再见了!"说完,小鸟就飞走了。

第二年,春暖花开,小鸟又飞回来了,可是大树已经不在那儿了。

小鸟问旁边的石头说:"石头哥哥,你知道原来在这里的一棵大树去哪里了?"

石头瓮声瓮气地说:"它被伐木工人砍倒,拉到工厂里去了。"

小鸟又飞到工厂的大门上,问:"大门伯伯,伐木工人拉来一棵大树,你知道它在哪里吗?"

门想了想,回答道:"树被切成小木条做成火柴,运到山下的村子里去了。"

小鸟又飞到山下的村子里,从亮着灯光的窗子飞进去,看见一位小姑娘坐在桌子旁,桌子上点着一盏油灯。

小鸟问:"小姑娘,你知道大树做成的火柴在哪里吗?"

小姑娘指指油灯,说:"火柴已经用完了,不过用火柴点燃的油灯还亮着。"

透过那明亮的灯光,小鸟仿佛又看到了大树的影子,它唱起了去年给大树唱的那支歌。

给自己加油

小鸟对大树许下了诺言,即使历尽千辛万苦也要将其兑现,这样真诚的情谊多么让人敬佩啊!

大海再深邃,比不过思想;泰山再沉重,及不上承诺。一诺千金,宝贵的不是真正的金子,而是许下的诺言!就如同这只苦苦寻觅的小鸟,每个人都必须为自己说过的话负责,无论谁也不能放弃许下的诺言。一旦许诺,即使再艰难,也要坚决去遵守!

当你欺骗了别人之后，就很难让别人再信任你了。一个不诚实的人，最终只会落得个害人又害己的下场。

丢失的50个金币

富翁非常有钱，但很吝啬。

一次外出做生意，富翁不小心丢了一箱金币。他非常着急，可是怎么也找不着，只好报警，并且声称谁如果拾到箱子并交还给他，作为酬金，他将奖励这个人50个金币。

不久，警察通知他有人送回了箱子。

箱子失而复得，富翁非常高兴，但一想起要付的50个金币，他马上后悔起来，不想再付了。

他想："赚钱这么困难，我怎么能这么轻易就拿出50个金币呢？"他眼珠滴溜溜地一转，顿时计上心来。富翁故作惊讶地叫道："哎呀，这是怎么回事？"

警察疑惑地问："怎么啦？"

"箱子里原来有1050个金币，现在却只有1000个金币了。"富翁叹口气。

警察愣了一下，马上仔细地检查了箱子。他发现锁没有被别人打开的痕迹，箱

子四周也完好无损,便问富翁:"你确定你的箱子里真的有1050个金币吗?"

富翁非常肯定地点点头,毫不犹豫地说:"的确有1050个金币。"

众目睽睽之下,警察打开箱子,仔细数了数,一共1000个金币,于是便对富翁说:"这个箱子里只有1000个金币。非常遗憾,看来箱子的失主并不是你。你还是先回去等消息吧!至于这个箱子,按照规定,如果半年内没人来认领,那么它将属于拾到的人。"

犹如晴天霹雳一般,富翁被警察的话惊得目瞪口呆,好半天才反应过来。他后悔莫及,一把抓住警察,结结巴巴地说:"不,不,我说错了,这个箱子的确是我的,它里面只有1000个金币,不是1050个……对,只有1000个金币,是我记错了!"

人们都摇摇头,没有一个人相信他的话。

给自己加油

人心不足蛇吞象。贪心的富翁因为不诚实,不讲诚信,而失去了更多的财富。诚实是最宝贵的财富,人们因为拥有它而内心富有,因为失去它而贫穷。钱财遗失了,还可以失而复得;诚信丧失了,就会变得一无所有。生命不可能从谎言中开出灿烂的鲜花,只有诚实才是人生道路上的第一准则,是人们立身社会的基础。

只有真心诚意地对待别人,你才能赢来别人的真心。

购买上帝的男孩

男孩邦迪捏着仅有的一美元硬币,沿着大街,在一家又一家商店询问:"请问,你们这里有上帝卖吗?"

没有人理会他,大家觉得这个男孩是在故意捣乱。

直到天黑之时,才有一家杂货店的老板热情地招待了他。

老板俯下身,亲切地问男孩:"孩子,你买上帝干什么呢?"

男孩回答:"我很小的时候爸爸妈妈就去世了,是叔叔将我养大的。叔叔是个建筑工人,前几天他从很高的脚手架上摔了下来,一直昏迷不醒。医生说,只有上帝才能救他……"说到这里,男孩已经泣不成声。

老板的眼角也湿润了,问:"那么,你有多少钱呢?"

男孩缓缓地伸出手来,掌心只有一个孤零零的硬币。

老板接过男孩手中的硬币,从货架上取下一瓶"上帝之吻"牌的饮料递给他:"拿去吧,孩子,这就是上帝,你叔叔喝了之后一定会好的。"

男孩惊喜地接过饮

料，擦干眼泪，向老板道了谢后，兴冲冲地向医院跑去。

几天后，一个先进的医疗小组来到邦迪叔叔所在的医院，对他进行了最好的治疗。

两个月后，叔叔终于出院了。当他看到医疗费账单上的天文数字后，吓得几乎晕了过去，他一辈子也挣不了这么多钱！

医生笑着告诉他："放心，已经有人替你将医疗费付清了。"

叔叔惊讶得差点跳了起来："是谁这样好心？我一定要去感谢他！"

医生回答说："是这条街上的一个杂货店老板，他原来做过一家跨国公司的董事长，是个亿万富翁，退休后一直隐居在这里。不过上个月他已经将杂货店卖掉，出国旅游去了。"

后来，叔叔收到这样一封信："年轻人，不用感谢我，是你侄儿的诚心感动了上帝。"

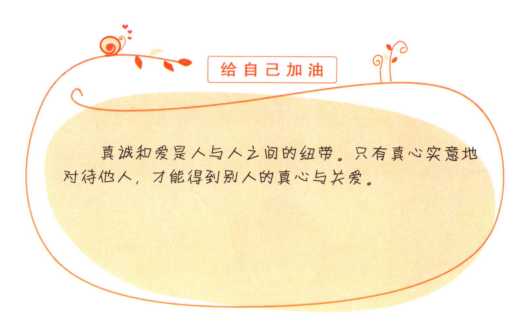

给自己加油

真诚和爱是人与人之间的纽带。只有真心实意地对待他人，才能得到别人的真心与关爱。

> 失掉信用的人,在这个世界上已经死了。

我一定要等她来

宋庆龄是我国著名的女政治家,她出生在上海一个牧师兼实业家的家庭。从小受到的良好教育,培养了她信守诺言的好品格。

上小学的时候,宋庆龄就心灵手巧,很会做手工艺品。有一次,同学小珍到她家来玩,宋庆龄折了一只纸花篮送给她。

临走时,小珍高兴地说:"这花篮真漂亮!明天上午我来跟你学折纸,好吗?"

宋庆龄点点头说:"好,我一定在家里等你。"

第二天是星期天。一大早,爸爸对宋庆龄说:"今天上午,我们全家都到李伯伯家去做客。"宋庆龄高兴地蹦了起来。

可吃早饭的时候,宋庆龄忽然想起了昨天答应小珍的事,她对爸爸说:"哎呀,差点忘啦!我和小珍昨天就约好了,等会儿她要来学折花篮呢!我不能到李伯伯家去了。"

爸爸说:"好长时间没到李伯伯家去

了，你不是早就想去吗？还是去吧，教小珍折花篮，什么时候都可以。明天见到小珍，向她说明一下不就可以了吗？"

宋庆龄想了想说："爸爸，还是你们去吧，我不能不守信用，我一定要等她来！"

早饭后，爸爸妈妈他们都走了。宋庆龄一个人在家里，准备了许多的小方块纸等小珍。可是一直等到10点钟敲过，小珍还是没来。挂钟又敲了两次，都12点了，小珍依然没有来。

正在她失望的时候，家里的大门开了，宋庆龄高兴地迎了出去，可进来的却是爸爸妈妈。

爸爸问："你的朋友来了吗？"

宋庆龄轻声地回答道："她没有来。"

爸爸惋惜地说："早知道这样，到李伯伯家去多好呀。"

这时，有人来敲门了，进来的是小珍的妈妈。原来，小珍发高烧，来不了了。

知道情况后，小珍妈妈直夸宋庆龄是个信守承诺的好孩子。

给自己加油

花儿是春天的诺言，绚烂是夏天的诺言，收获是秋天的诺言，纯洁是冬天的诺言。因为信守诺言，世界肃穆而深情。

一句承诺，也许会改变一个人；一句承诺，也许会毁掉一个人。当我们对别人许下诺言之前，先考虑清楚，你是否做得到？你是否可以兑现？

别轻易承诺，但一旦开口许诺了，必须"一言为定"，因为承诺与你的荣誉紧紧相连。

让善流淌

忍一时风平浪静，退一步海阔天空。

六尺巷

清朝康熙年间，桐城县出了一个叫张英的宰相。他在京城做官，而他的家人继续留在桐城县。

一天，张英收到侄儿从老家发来的快马传书。他以为家里出了什么大事，赶紧将信拆开来看。看完后，他连连摇头。

原来，家里并没有什么大不了的事情发生，不过是家人和邻居在修建院墙时，都想让自己家的院子大一点，所以张家的墙要往邻居家靠，邻居家的墙要往张家靠。两家互不相让，院墙也没法修了。

张英的侄儿仗着叔叔在京城做了大官，就想让叔叔帮忙处理这件事。

侄儿很快就收到了张英的回信。他高兴地将信拆开，看完后，脸却红了。

他拿着信，走到邻居家里，诚恳地说："你们将院墙修

过来吧,多修三尺没关系的。"

邻居觉得奇怪,问:"为什么呢?"

张英的侄儿将信给邻居看了,那上面只有四句话:"一纸书来只为墙,让他三尺又何妨?长城万里今犹在,不见当年秦始皇。"

邻居看后也觉得十分羞愧,说:"还是你家将院墙修过来吧。"

后来,两家都将院墙退回去三尺,一条六尺宽的巷子就这样形成了。

六尺巷的故事也慢慢流传开来。

给自己加油

两家各退三尺,看起来各有损失,实际上却打通了邻里之间的隔阂,收获了宽广、平和的心。

退让,是一种豁达的表现,是一种超脱的人生态度,也是一个人修养的体现。从某种意义上来说,退让,其实是在前进,一个人思想与涵养的前进。每个人都退一小步,世界将会前进一大步。

紫罗兰把香气留在踩扁她的脚踝上,这就是宽容。

一颗子弹

第二次世界大战的时候,有两个战士与部队失散了,他们凑巧又来自同一个小镇。

在一座深山中,他们艰难地跋涉着。幸运的是,他们打死了一只鹿,每天靠着一点鹿肉勉强度日;不幸的是,接下来的半个月内,他们再也没有找到其他食物。

鹿肉只剩下了一点点,背在战士甲的身上。

更倒霉的是,他们又遭到了敌兵的袭击。靠着最后的一点儿体力,他们与敌兵进行了一场激烈的战斗,最后终于巧妙地避开了敌兵。

就在他们以为已经很安全的时候,只听"砰"的一声枪响,走在前面的战士甲中了一枪。幸好这一枪只打在他肩膀上。他立即倒在地上,痛苦地呻吟起来。

战士乙立马惶恐地跑过来,抱住战友流血不止的身体,大声痛哭,撕下自己的衬衣为他包扎伤口。

到了晚上,他们俩饥饿难耐,都以为自己快要熬不过去了。可是谁也没动剩下的那一点儿鹿肉,因为他们知道,如果吃掉那一点儿鹿肉,就什么希望都没有了。

总算天无绝人之路,第二天,部队费尽千辛万苦找到了他们。战士甲得到了战地医生及时的治疗。

战争结束后,他们俩回到家乡时,悲痛地发现,战士乙年迈的母亲已经去世了。

那天,他们一起去祭奠老人家。在母亲的坟墓前,战士乙"扑通"一声跪下来,低着头对战友说:"对不起,那天开枪打中你的人其实是我。我想活下去,所以打算独吞那些鹿肉……"

战士甲听了不但没有生气,反而将战友从地上拉起来,说:"我早就知道了,那天你跑过来抱住我的时候,我碰到了你发烫的枪管。不过我从来没有怨过你,因为我知道,你是为你母亲活下去的,因为她还在家里等你。"

战士乙一把紧紧地抱住战友,流下了感动和悔恨的泪水。

给自己加油

生命贵在宽容,能够宽容别人的过错,不仅是对别人的释怀,更是对自己的一种善待。宽容是荆棘丛中长出来的谷粒,是缝合裂痕的绣花针,更是一种爱的奉献。在生活中,宽容实在是一种无坚不摧的力量。互相宽容的朋友一定百年同舟;互相宽容的夫妻一定千年共枕;互相宽容的世界一定和平美丽。

如果没有宽恕之心,生命会被无休止的仇恨和报复所支配。

鹞子和夜莺

从前有只小鸟,外表可爱小巧,声音动听美妙,总会在夜间唱起歌谣。

伴着夜色星光,那歌声时而高亢激昂,时而温婉悠扬,给人们带去了不少欢乐,于是这只小鸟有了个好听的名字——夜莺。

一个夜晚,夜莺又在动情地歌唱,歌声飘飞了很远,传到正要睡觉的鹞子耳中。每次听到这歌声,鹞子都会睡不安稳。它觉得论体型,自己比夜莺大三倍,论智商、力量,自己都远远超过它,可是这小东西却凭借小小的歌喉,赢得人们的青睐。它认为只有自己才真正值得人们去崇拜。

鹞子一直对夜莺怀恨在心,终于有一天,傲慢和妒忌让它疯狂了,它要去教训夜莺。

这天清晨,小夜莺正在溪水边无忧无虑地清嗓子。猛然间,鹞子从空中闪电般扑了过来,伸出锐利强劲的爪子,一把抓住夜莺的翅膀,然后径直往林地的上空飞去。

夜莺拼命挣扎都逃脱不了，害怕极了，发出一阵阵悲鸣。

鹞子恶狠狠地说："你会歌唱又能怎样？我现在是你的主人，我让你做什么你就要做什么。我才是强者，你必须向我投降。以后我不许你再歌唱。"

夜莺听了，只能无奈地答应，酸楚的泪珠不停地滚落，滑到嘴角，润入喉咙，化成一个又一个忧伤、哀怨的音符，传出很远很远。

一个神射手听到后，立即带上弓箭去寻找夜莺，很快就看到夜莺被鹞子抓在半空中。他迅速地跑到附近的山顶，弯弓搭箭瞄准鹞子的眼睛奋力射了一箭。

刚才还在得意洋洋的鹞子只觉得眼睛一阵剧痛，惨叫一声，不由得松开了抓着夜莺的爪子。

夜莺获救了，人们又能听到那美妙的歌声。鹞子却从此以后只能躲藏起来，过着见不得阳光的日子。

鹞子始终不懂，自己居然输给了小小的夜莺。其实，它不是输给了夜莺，而是输给了它心中的恶魔——傲慢和妒忌。

给自己加油

当看到别人比自己强的时候，有人很容易被嫉妒蒙蔽眼睛，从而犯下大错。嫉妒是一把涂着毒药的双刃刀，伤害别人的同时，也伤害了自己。

"嫉妒心是心灵的肿瘤"，不管是谁，都要将嫉妒从心中剔除，只有这样，我们才能看到别人的好，从而取长补短，获得更大的进步。

宽容的力量不可小觑,它就像太阳,不仅赶走你心中的雾霾,还会照耀到他人身上。

你长大了

公交车上,一个年轻的妈妈带着女儿站在过道里。汽车靠站了,一个青年挤进了原本就拥挤的车厢。他背上背着一个大包,一下就将年轻妈妈撞到了一边。

灵巧的女儿赶紧扶稳妈妈,关心地问:"妈妈,你没事儿吧?"说着,她回头瞪了那个青年一眼,生气地说:"你太讨厌了,撞了我妈妈也不道歉!"

"快别这么说,"妈妈赶紧对女儿说,"那位叔叔不是故意的。"

这时,青年才发现自己撞了人,连忙不停地说:"对不起,对不起,我不是故意的。"

妈妈挥挥手,笑着回答说:"没关系。"她回头看着女儿,说:"你看,叔叔道歉了吧?"

听了这些话,女儿惭愧万分,不好意思地低下了头。

一天很快就过去了,下午,

妈妈去接女儿放学,却意外地发现她的手破皮了,鲜红的血把手染得红红的。妈妈既心疼又紧张,马上带她去医务室包扎伤口。

伤口包好后,妈妈带着女儿去找老师询问情况,奇怪的是,老师竟然毫不知情。

妈妈弯腰问女儿:"你老实告诉妈妈,手是怎么受伤的?"

女儿支支吾吾了老半天,这才开口说出真相:"一个同学弄的。"

"那你为什么不告诉老师呢?"妈妈有些气恼地问。

"妈妈,你别生气,"女儿着急地说,"同学弄伤了我的手,她已经很自责了,再说她又不是故意的。如果我告诉老师,老师肯定会责怪她,到时她不是会更内疚吗?妈妈,请你也不要去找她麻烦哦!"

妈妈的眼睛里充满了晶莹的泪水,她感动地说:"孩子,你长大了。"

给自己加油

妈妈谅解了撞自己的青年,她的言传身教影响了女儿,所以女儿谅解了弄伤自己的同学。有句话说得很好,比海洋更宽广的是大地,比大地更宽广的是天空,比天空更宽广的是人的胸怀。

如果每个人都拥有博大的胸怀,懂得谅解别人,那世界上将没有矛盾,没有争吵,人们也将和谐共处,多么美好!

人不可貌相，海水不可斗量。看人不要光看外表，要深入接触才能真正了解一个人。

杂草变牡丹

梦娜非常喜欢花草，从小就梦想拥有一个属于自己的花园。经过十年的奋斗，她终于攒到足够的钱，买了栋带大院的房子。

当时是冬天，院子里长着许多杂草杂树，梦娜看了直皱眉，自言自语道："不行，我得给花园来个大扫除，把杂草都清除掉，种上我喜欢的花草。等春天来了，这花园百花争艳，多美呀！"

说干就干，她花了两天时间整顿花园，将杂草拔得一棵不剩，然后种上自己新买的花卉。

这天，原来的屋主登门拜访，当他看到焕然一新的花园，惊讶得说不出话来。

梦娜脸上写满得意，她笑着说："以前这里杂草丛生，现在却种满鲜花，成了名副其实的花园，没想到吧？"

屋主苦笑一声，摇着头叹息道："你不知道吧，被你拔掉的杂草，其实是名贵的牡丹。只不过现在是冬季，不是牡丹盛开的季节，所以它们看上去才像杂草一样。"

"啊？不会吧？"当才还得意的梦娜，此刻后悔不迭，没想到自己把牡丹当草给铲了。

多年后，梦娜又买了一栋房子。同样的，这套房子也有一个院子。不过和上个院子比起来，这个院子里的草木更是杂乱，但梦娜这次按兵不动。

春天来了，冬天里的杂树开出了繁花；夏天来了，春天里的野草花团锦簇；秋天来了，一直没有动静的小树居然红了树叶；冬天来了，一些植物始终没有什么变化。

这时，梦娜终于分清哪些是珍贵的花草，哪些是无用的杂草，然后将那些杂草全力铲除。这样一来，花园里留下来的就全是珍贵的花草树木了。

给自己加油

经过长期的观察，梦娜才认出哪些是珍木，哪些是杂草。人也是如此，真正有才的人，往往给人平庸无奇的印象，时间长了，才干才自然显露出来。所以对身边那些看上去平庸得像杂草一样的人，我们不要立即否决，一定要抱有一颗宽容的心，静静地等待，不久之后，他们说不定就会像那些名贵的花草一样，绽放出耀眼的光芒。

我们需要友谊，就像花儿需要雨露和阳光一样。

人工传声筒

小姨开了家小卖部，没事的时候，我都会去那里帮帮忙。

一天，我又去小卖部，小姨见我来了，高兴地说："来得正好，你帮站在边上的哑巴女孩打个电话。"说完，她就忙生意去了。

我转过头去看了一下，一个长相十分清秀的女孩毕恭毕敬地站着，眼里充满了期待。我拿来纸和笔递给她，对她微微一笑，示意她可以开始写了。

她感激地回了我一个笑脸，低头开始写上她要说的话。

"嘟"的一声，电话通了，接电话的是个男人，我一愣，因为女孩写的"小芬"分明是个女孩子的名字。

于是，我连忙道歉说："对不起，打错了……"

对方赶紧解释说:"没错的,我也是帮忙接电话的,我旁边也有个哑巴女孩。"

于是,我们这两人当了一回真正的传声筒。

我说:"她收到了小芬织的围巾,好漂亮,好暖和。"

男人说:"小芬说收到她的照片,胖了点儿,但是好可爱。"

……

"四方"通话持续了十多分钟,但话说得并不多,因为边说边写影响了速度。

电话打完了,女孩长长地舒了一口气,露出快乐的笑容。她继续在纸上写着:小芬是我最好的朋友,我们每周都会约好这个时间打电话,几年来从没有间断过。

最后,她画了一颗小小的心,还在正中间写上了"谢谢"。

我笑了笑,轻声说:"不用客气,你们真是一对幸福的朋友,我很荣幸,可以分享你们的幸福。"

给自己加油

一个不能开口说话的女孩,却坚持给朋友"打"了几年的电话。而我们随时可以开口说话、写信、上网聊天,却很少特意告诉朋友们"我想念你"。

现在的社会,房子越来越多了,串门的却越来越少了;人越来越多了,交情却越来越少了;路越来越好走了,心却越来越远了。生活不能缺少友谊,不要把自己的心冰封起来,要微笑着用心地去经营友情,细心地去呵护朋友。

用宽容的心和朋友相处，友谊才能稳固和长久。

消失的"三八线"

"你的书又过线了！"我一边说，一边把同桌的书从我的桌上挤出去，直到挤到"三八线"的那一边。为什么会有条"三八线"呢？

刚调位子那会儿，我和同桌相处得很融洽。可是有一天，他把文具盒放在我的桌上，我提醒他，但他没搭理，反而一点一点地靠过来，最后竟占领了桌子的一大半。

我忍无可忍，就把他的文具盒交到了讲台上。他生气地瞪了我一眼，然后气冲冲地去讲台拿。后来，只要我的文具不小心到他的地盘，他就马上把它们交给老师。

几天后，一条"三八线"出现了。谁的东西稍微一"过河"，就会立刻躺在老师的讲台上。从此，我每时都小心翼翼，心里很是苦恼；他每刻都提心吊胆，生怕自己过界。

上课了,那节课是数学测验,我拿到试卷一看题,哈,小菜一碟。不一会儿,我就做完了大部分题目。突然,我发现自己没带尺子,就向前后桌借,谁知他们也没有带。

这下可怎么办?我急得像热锅上的蚂蚁。就在这时,我发现同桌的尺子跳过了"三八线",再看看同桌,他正专心地做着题。

我的心"咚咚"直跳,最后,我还是把手慢慢伸向尺子……

交卷后,同桌笑着问我:"这次你怎么没说我'侵略'了你的地盘呢?"

我听了,很不好意思,顿时涨红了脸。趁他不注意,我悄悄地擦掉了桌上那条醒目的"三八线"。

从那以后,我们开始互相包容。

"多占点儿没关系,这点儿地方我能写。"

"你的书在'悬崖'边,快往里面移移,不然它就要'跳崖了'。"

给自己加油

如何与同学相处,是每个学生都会遇到的问题,也是需要掌握的一门生活课。其实这一点也不难,重点就是:坦诚相待,宽容大度。宽容别人,同时也是宽容自己。对别人多了一点宽容,生命中就多了一点空间。

一个人有了朋友,才会得到关爱和扶持,就不会寂寞和孤独;生活中有了朋友,才会少一点寒冷和风雨,多一点温暖和阳光。

宽容和谦让是成功路上的垫脚石，踩着它们，你才能越走越远、越爬越高。

"偷饼贼"

一天晚上，有个女孩在候机室等待航班。因为无聊，她就买了一本书和一袋甜饼，然后找了个长椅坐下来，打算一边吃甜饼一边看书。

正在她看得津津有味的时候，无意中瞟到坐在她旁边的男人，竟然把手伸到她和他之间的甜饼袋子里。

她很气愤，可又不想和一个"偷饼贼"过多计较，于是依然保持着看书的姿势，装作没事一样也伸出一只手去拿甜饼吃。

她本以为，这样一来，那个男人就会收手。没想到，每当她拿了一块甜饼后，那个男人就会跟着拿一块。她生气地想，这个"偷饼贼"也太无耻了！

很快，一袋甜饼就被两人吃得只剩下最后一块。这时候她忍无可忍，把脸转过来，怒气冲冲地看着那男人。

男人莫名其

妙地笑了一下，然后有些拘谨地拿起最后一块饼，分成两半，自己吃一半，递给她一半。

女孩从男人手中夺过半块甜饼，一肚子火气。这时，她的航班到了，于是她赶紧收拾东西离开，心想："什么人啊，偷饼吃还一副光明正大的样子，真是太过分了！"

就这样，女孩怀着满腔怒火登上了飞机。等坐好后，她想起那本还没看完的书，正好用来忘记刚才的不愉快，于是伸手到包里去拿。结果，她的手僵在那，整个人都呆住了。

她摸到了一袋甜饼！自己买的饼干，在包最外面的袋子里，放得好好的。

原来，那个男人是位绅士，她自己才是个"偷饼贼"。

给自己加油

　　一个不懂得宽容的人，很容易让自己陷入一堆琐碎而又不必要的烦恼中，得不到长久的快乐，就像故事中的女孩一样，憋了一肚子的火，最后却发现这只是一场误会。

　　然而，宽容别人，不仅不会让我们损失什么，还能让自己从中获得快乐。让我们学习那位男士的宽容精神，做一个心胸开阔而快乐的人吧！

把感激种在心里吧，让它生根发芽；把怨恨抛向河流吧，让它随水漂逝。

小松鼠的友情

木木和豆豆是两只松鼠。眼看冬天就要来了，它们住的那片森林却起了一场大火，不但烧光了它们的房子，还烧光了辛苦存下来的食物。

为了储存食物过冬，它们决定翻过山的这边，去另外一座山上寻找食物，邻居啄木鸟也跟着一起过去看看。

在经过山谷的时候，木木一脚踏空，差点儿掉下山谷，好在豆豆眼尖手快，一把拉住它，拼命地把它拉了上来。于是，木木在附近找了一块大石头，重重地刻下了一句话：某年某月某日，豆豆救了木木一命。

它们继续往前走，几天后来到一条大河边，河面上已经结上了厚厚的冰。

木木怕再次踏空掉到冰窟窿里去，就说："我们找到那座过河的桥吧，那样更安全。"

豆豆踩了踩冰，觉得够结实，便说："我们可以直接踏冰而过，不用那么麻烦。"

木木不同意，结巴地说："我，我，我不敢。"

豆豆听了很生气地，脱口骂道："你真是个胆小鬼。"

就这样，两个朋友吵了起来，吵到气头上，豆豆伸出脚踹了木木一下，木木委屈地跑到冰面上写了一行字：某年某月某日，豆豆踢了木木一脚。

这些事，啄木鸟都看得一清二楚，它好奇地问木木："同样是记录，为什么你要把豆豆救你的事刻在石头上，而把它踢了你的事写在冰上？"

木木说："豆豆救我的事，值得我一辈子铭记，应该刻在石头上；至于它踢我的事，应该随着冰一起溶化。"

给自己加油

记住别人的恩惠，你的心里就会住上天使，带给你幸福和美好；记住别人的过失，你的心里就会住进魔鬼，带给你愁苦和烦恼。

善良的种子会开出善良的花朵，怨恨的种子会结出怨恨的果实。很多时候，朋友伤害你是无心的，而帮助你却是真心的。如果你学会感恩，学会原谅，忘记无心的伤害，铭记真心的帮助，那你就不会错失真正的朋友。

一个不懂宽容的人,将失去别人的尊重;一个一味宽容的人,将失去自己的尊严。

王子选妻

很久以前,有个国王,他拥有数不清的珍宝和土地,但他最珍贵的还是那两个儿子。

大王子长大成人后,国王对他说:"我老了,想把王位传给你,不过在继位之前,我希望你先成家。你喜欢什么样的女孩子?"

大王子想了想,说:"我喜欢瘦一点儿的女孩子。"

消息像长了翅膀似的,很快飞遍全国各地,女孩子知道王子喜欢瘦女孩,都在心里打着小算盘:只要我够瘦,说不定就能攀上枝头当凤凰。

于是,全国的女孩子开始拼命减肥。她们见面后唯一做的事就是比瘦,看谁胳膊更瘦,腰更瘦,腿更瘦。不少女孩子还因减肥饿死了。不知不觉,全国的女孩全都面黄肌瘦、骨瘦如柴,一个胖女孩也没有了。

上天偏偏喜欢捉弄人，正当瘦女孩们期待被选为王妃时，宫里传来大王子病逝的消息。仓促之下，国王只好把王位传给二王子，同样，他也问二王子喜欢什么样的女孩。

和大王子截然相反，二王子回答说："我喜欢胖一点儿的女孩子。"

全国的女孩子得知后，纷纷停止节食，大吃大喝起来，只希望自己能变得胖胖的，博得二王子的欢心。不知不觉，瘦女孩全不见了，全国的食物也被吃光了，就连囤积的食物也被吃得精光，全国将面临一场大饥荒。

最后，二王子终于找到心上人。奇怪的是，新娘既不胖也不瘦，但和其他女孩们比起来，她几乎是最瘦的一个。

王子解释说："如果选胖的，她肯定会吃很多，可现在全国都缺粮食，我担心她会被饿死；如果选太瘦的，她也许不健康。还是不胖不瘦好，既不用担心她会饿死，也不用担心她的健康。"

这下，全国的姑娘都松了一口气，不再为增肥而猛吃，也不再为减肥而挨饿。很快，国家的饥荒问题也因此化解了。

给自己加油

一千个人心中，有一千个哈姆雷特。每个人的眼光都不同，如果为了迎合别人而刻意改变自己，那结果只是迷失自己，伤害自己。所以，对自己宽容一点，对缺陷宽容一点。有句话说得好：世界上没有垃圾，所谓垃圾，只是放错了地方的财富。同样的道理，人也没有缺陷，只要放对地方，缺陷也就变成了优势。更何况，一个对自己都不宽容的人，又如何能得到别人的宽容？

友谊的建立不是一朝一夕的事情,但是要摧毁它,却易如反掌。

两个苹果

斑马和羚羊是一对好朋友,都是探险爱好者。有一天,它们相约一起去穿越撒哈拉大沙漠。

沙漠里十分荒凉,没有吃的,也没有喝的,就连风向标都没有。很快,它俩就又累又饿,走着走着还迷路了。

斑马走不动了,就建议说:"我们停下来休息一下吧。"

"我们会不会死在这沙漠里?"羚羊很担心。

"当然不会!"斑马十分肯定地说,"你放心,无论发生什么事情,我都会一直陪着你的。"

"我也会!"羚羊顿时来了勇气。

它们互相搀扶着,继续向前走去。太阳落山了,沙漠里刮起了一阵大风。

一位神仙突然出现在它们面前,说:"你们再往前走,很快就可以看到一棵树,到了晚上的时候,树上会结出两个苹果。吃了大苹果,不怕渴也不会饿;吃了小苹果,只能维持两天的体力!"说完,神仙又一阵

风似的不见了。

天快黑的时候,斑马和羚羊找到了神仙说的那棵树,便停下来休息。

第二天天一亮,斑马就迫不及待地盯着树上仔细寻找。果然,上面有一个苹果,不过非常干扁瘦小。

"是你拿了大苹果吧?"斑马疑惑地看着羚羊。

"我没有。"羚羊摇摇头,似乎是有口难言。

"不是你还会有谁?"斑马生气了,"你一定是趁我还没醒,就把大苹果摘走了!"

"我……"羚羊欲言又止。

斑马见羚羊说不出话,更坚信了自己的观点,顿时火冒三丈:"如果不是你拿了,那你怎么证明?"

羚羊面露难色,不好意思地挪开了蹄子。

斑马一看,天哪,这个苹果比树上的更小!斑马非常羞愧,把树上的苹果摘下来递给了羚羊。

给自己加油

即使在困境中,也能一如既往地爱护我们的朋友,那才是真正的朋友。而对他们,我们除了感激,更重要的是信任。

如果友谊像一座大厦,那信任就是钢筋,将它牢牢地撑起。猜疑是一把双刃剑,不仅会伤害朋友,也会伤害自己。不要还没弄清楚事情的真相,就随便得出结论。如果没有了信任,友谊大厦就会轰然倒塌。朋友之间需要相互信任,这样手才会握得更紧,心才会贴得更近。

一屋不扫，何以扫天下？小善不为，何以成大善？

海鸥和渔民

威尔斯是英国的一个临海小镇，因为有一片美丽的金色沙滩，风景优美，因此每年都吸引大量的游客。当地的渔民为了挣钱，就在沙滩上摆摊卖鱼。

有一天，大家准备收摊回家的时候，几只小海鸥落在海滩上，伸着脖子，在鱼摊之间来回跳着。

渔民们都挥挥手，将小海鸥赶到一边。只有一个叫亨特的渔民不同，他听小海鸥叫得凄惨，就捡起几条小鱼扔了过去。

小海鸥立刻扇动翅膀，挤成一团抢鱼吃。

一个渔民不以为然地说："不过几只鸟，你管它们干什么？这些鸟又不会感谢你。"

亨特笑了笑，继续喂着小海鸥。

第二天一早，小海鸥们又来到了海滩，亨特拿刚刚捕好的鱼喂它们。小海鸥高兴地在他的摊子周围打转。

别的渔民暗自笑他:"为了几只鸟耽误生意,真不划算!"

过了几天,小海鸥们带来了一群大海鸥。这下,渔民的麻烦来了,成年海鸥像箭一样俯冲下来,动作迅捷地叼走鱼摊上的鱼。

渔民们纷纷抱怨:"亨特,都怪你,惹来'偷鱼贼'!"但他们也只能想尽办法对付海鸥:有的将鱼装进玻璃柜子里;有的拉起渔网,防止海鸥飞过来。

可是亨特却非常欢迎这些客人,还主动拿鱼去喂那些抢不到食的小海鸥。

大家劝亨特说:"亨特,再干这吃力不讨好的事情,你早晚会变成穷光蛋。"

没过多久,渔民们发现自己的生意越来越少,但是亨特的生意却越来越火爆。

原来游客们听说亨特的鱼摊有很多海鸥,就专门来到他的摊子旁看海鸥抢鱼,不少人还买鱼亲自去喂海鸥,亨特的生意自然变得兴旺起来。

给自己加油

一滴水可以折射太阳的光辉,一件小事改变一个人的一生。对你而言,一个小小的善举是微不足道的,但也许对他人而言,就可能起到翻天覆地的变化。

大事是由小事累积起来的,如果轻视平凡的小事,面临大事时,你便没有伸出援手的力量。

善良的行为有一种好处,就是使人的灵魂变得高尚,并且使它做出更加美好的行为。

剧本上没有的台词

希尔的智商不高,读书很费劲,记东西也很慢,让老师十分头疼。

这年圣诞节,学校排练了一出经典的小话剧。希尔也想参加,老师就特别安排了一个角色——旅店的小伙计,只需要上台说一句台词,然后再下台,就算完成了任务。

大家排练了很多次,终于迎来了圣诞夜——话剧公演的时刻。希尔站在后台,嘴里反复说着自己那句台词。

家长们早早就来到了剧场,座无虚席。

演出开始了,那是一个刮着北风的夜晚,一对老夫妻互相搀扶着,沿街敲旅馆的门,希望尽快找到住处。可是夜深了,天气又冷,旅馆不是已经客满了,就是早早关了门。当他们来到最后一家小旅馆时,店里的小伙计——希尔出场了。

老夫妻问:"请问,还有空房间吗?"

小伙计说:"没有。"

老夫妻说:"我们已经找了很多地方。天气这么冷,还能到哪里去呢?"

希尔的台词已经说完,应该要下台了,可他还一动不动地待在台上,脸憋得通红。老师急得直冲希尔打手势,扮演老夫妻的学生也愣住了,不知道该如何收场。

正在老师准备拉上帷幕的时候,希尔终于开口了,结结巴巴地说:"你们,你们,可以住我的房间。"

"老夫妻"愣住了,老师也愣住了,这是剧本上没有的台词啊。舞台下一阵沉寂,接着爆发出最热烈的掌声。

给自己加油

　　一个人善不善良,和聪明无关,和外表无关,和财富无关,和地位无关,只在于他的心灵,是否热爱生命,是否关怀他人。

　　善良的人,会永远活在爱的世界,并将爱散播全世界,把帮助别人当成一种习惯。他并不会想索取什么,最终却会得到大家的尊重和真诚的回报,获得意想不到的回报。

善于微笑的人,生活永远会充满甜甜的味道。

微笑蛋糕店

杜比在街角开了一家蛋糕店。蛋糕店的招牌很酷,杜比模仿肯德基的招牌,把自己的相片印了上去。

杜比的蛋糕做得很认真,可是销量并不好,他愁得每天都哭丧着脸。

一天,一位外地的游客来到他的蛋糕店,买了一块蛋糕。

"哇!好苦啊!"这个客人刚吃了一口,就吐了出来。

"什么?不可能。"杜比着急了,"怎么能说我的蛋糕苦呢?"

杜比拿起一块试试,可不是吗?怎么蛋糕都变苦了呢?

客人看看招牌说,"大概,因为你做蛋糕时,总是不开心吧!"说完,客人就走了。

杜比抬着看了看自己的招牌,突然明白了些什么,一拍脑门,"我知道了!"这一拍,拍了一脸的面粉。

原来,杜比的照片上正挂着一脸严肃的表情呢!于是,他用红色的马克笔，在原本嘴巴的地方，画了个大大的微笑的嘴巴。

然后，他扔掉那些苦涩的蛋糕，重新做了起来。他一边带着微笑，哼着轻快的歌，一边还扭着屁股跳舞。他心想，不管有没有人会买，我一定要快快乐乐地做！

很快，来了新的客人，客人们拿着蛋糕，看见他涂改过的招牌，还有杜比脸上不小心抹上的面粉，都笑了，他们一边笑，一边吃，哇，这蛋糕真好吃啊！

杜比也尝了一口，哇，这是我吃过的最美味的蛋糕，吃起来，满是微笑的味道。

从此，杜比的生意好多了，他的蛋糕店改名为——微笑蛋糕店。

给自己加油

每天都有二十四小时，你微笑着也是度过，苦着脸也是度过，那为什么不微笑着度过每天的时光呢？心中充满阳光的时候，看到的景物也是明亮美丽的。微笑的时候，美味的蛋糕会更加甜蜜。

无论什么时候，给生活一点微笑，就像给粥中增添了糖，吃起来，味道会更加好，微笑吧，你会爱上生活这碗粥的。

宽容别人永远是解决矛盾的最好办法。

将花送给你喜欢的人

十字路口的红灯亮了，一个富人刚好将车停在人行道前。有个衣衫褴褛的男孩走过来，敲了敲他的车窗，问："先生，需要买花吗？五元一束。"

富人点点头，递过去五元钱。

就在这时候，绿灯亮了，后面有人开始按喇叭催富人快点儿将车开走，可卖花的男孩还在问："先生，请问您想要哪一束？"

喇叭的声音越来越急促，富人有些不耐烦了，粗暴地吼道："随便，快一点儿！"男孩很快地选了一束美丽的玫瑰递给他，并微笑着说："谢谢您，先生。"

富人将车子开出十几米后，有些后悔了：自己怎么可以

这样粗暴地对待一个孩子呢？于是，他将车停在路边，下车走回男孩的身边，道歉说："对不起，刚才我不该对你那么粗鲁。"

男孩大度地回答："没关系，先生。"

富人又拿出五元钱递给男孩，说："你可以拿这五元钱买一束花，然后送给你喜欢的人。"男孩笑了笑，接过钱并道了谢。

当富人回到车上再次发动汽车时，却发现车子怎么也动不了。折腾了很久后，他知道车子出了故障。没办法，他只能步行去找拖车。

只听"嘎"的一声，一辆拖车正好在他车前停了下来。

就在富人觉得自己幸运时，拖车司机下车了，递给他一张纸条，并说："先生，一个小男孩花了十元钱请我过来帮你拖车，他还让我将这张纸条交给你。"

富人接过纸条，上面只写了一句话："这十元钱代表一束花，送给我喜欢的人。"

给自己加油

互相谅解在两个陌生人之间搭起了一座友爱的桥梁，让人与人之间的心更近了。

生活中难免会有摩擦。当别人对你无礼时，如果你也用无礼来回敬他，只会引来更多的争吵。但是如果你能大度地去原谅他，用微笑来回报别人的过失，那么，你会发现，一朵美丽的友爱之花，正悄悄地在你们之间绽放。

直言直语让人难免尴尬，相比，宽容和委婉更容易让人接受。

手机不见了

傍晚时分，曼莎去餐厅吃晚饭。餐厅里除了她以外，只有一位老人，因此只亮了几盏灯，显得十分昏暗。

曼莎找了个靠窗的位置坐下，刚点完餐，一个年轻人进来了，他挨着老人坐下。

曼莎注意到，年轻人的眼睛总不经意地瞟着老人的桌子——上面有部手机。果然，当老人侧过身子去点烟时，年轻人迅速拿起手机塞进口袋里，站起身来向外走去。

老人转过身来，惊讶地发现手机不见了。

曼莎正准备提醒老人是年轻人拿了手机，可老人似乎已经意识到什么，马上朝门口走去，叫住年轻人说："小伙子，请等一等。"

年轻人回过头，一脸戒备地问："怎么了？"

"哦，是这样的。我放在桌上的手机不见了。我想，肯定是我不小心把手机碰到了地上。但是灯光太暗，我又老眼昏花，实在看不清，你能不能帮

我找找?"

一瞬间,年轻人的表情从紧张变得放松,他说:"老人家,您别着急,我来找找看。"说着,他走到餐桌旁,弯下腰沿着桌子转了一圈,等他站起来时,手上已经多了一部手机。他把手机递给老人,问道:"老人家,您看看是这个吗?"

老人频频点头,激动地说:"谢谢你,小伙子。"

年轻人红着脸,不好意思地笑了笑,挺直腰杆走了出去。

曼莎看到这戏剧性的一幕,震惊极了,她走到老人面前,说:"老人家,手机明明是刚才那个年轻人偷的,您为什么不选择报警呢?"

老人呵呵笑了,说:"报警虽然能找回手机,却会让我失去一样比手机更宝贵的东西。"

"那是什么?"曼莎急切地问。

老人轻轻地说出两个字:"宽容。"

给自己加油

手机被偷后,聪明善良的老人选择了用最好的办法解决问题——宽容。设想一下,如果他惊慌失措地报警,结局便不会如此完美,手机找回来后,年轻人的人生必定会留下一个污点。

宽容是一种豁达,是一种理解,更是一种尊重。宽容地对待他人,不仅能挽回自己的损失,更有可能拯救一个人的灵魂。

吃亏是福。若一个人过于计较，得失心太重，反而会丢掉应有的幸福。

多功能响尾蛇

美国的佛罗里达州，有一个倒霉的农夫，他不小心以极高的价格买到了一块极差的土地。

土地既贫瘠又干燥，到处都是干枯的荆棘和灌木，坏得真是出乎他的想象。

这种土地既不能种蔬菜、水果，也不能圈养牲畜，能生长的只有生命力十分顽强的白杨树和响尾蛇。

农夫想尽了一切办法，都无法将土地改良。

连续几天晚上，农夫躺在床上翻来覆去睡不着。他冥思苦想，试图改变目前这种状况。

功夫不负有心人，农夫终于想到了一个好主意。他要变"废"为宝，把那片土地上所有的东西变作一种资产。

说干就干，首先，他将土地里的那些响尾蛇抓来，做成罐头，运到超市里去卖。他的做法让每一个人都很吃惊，人们议论纷纷，他却充耳不闻。

没想到,响尾蛇肉质鲜嫩独特,用它做成的罐头在市场上很走俏。农夫的生意越做越大。

后来,他又将从响尾蛇体内取出的毒液,运送到各大药厂去做治疗蛇毒的血清;响尾蛇身上的皮也被高价卖给工厂,去做女人的鞋子和皮包,销量同样很好。

最后,农夫还想出了一个非凡的创意。

随着他家响尾蛇越来越大的名声,他又将响尾蛇和杨树的图案印在纸上,做成各种各样精美的明信片,通过当地邮局发送到全国各地。

很多买了这种明信片的人,都前往那个地方参观。从此以后,每年来参观农夫响尾蛇农场的游客近两万人。

为了纪念这位伟大的农夫,这个村子现在已经改名为佛罗里达州响尾蛇村。

给自己加油

能够吃亏的人,心里幸福坦然,往往一生平安。不能吃亏的人,永远在是非纷争中斤斤计较,局限在"不亏"的狭隘思维里。这种心理会蒙蔽他的双眼,势必使他遭受更大的不幸,最终失去的反而更多。

能吃亏是做人的一种境界,会吃亏是处事的一种睿智。

雪中送炭的帮助，远远胜过锦上添花。

一饭千金

汉朝的开国功臣韩信，因为父母去世得早，他一直跟着哥哥、嫂嫂生活，日子过得十分清苦。

由于韩信酷爱研究兵书，经常看起书来就忘了做其他的事情。嫂嫂常常指桑骂槐，甚至不给他饭吃。

可是，韩信还是一如既往地看他的书，一心希望能上战场建功立业。为了填饱肚子，韩信到江边支起了钓竿，边钓鱼边读书。钓不到鱼的时候，他就捧起江水喝上几口，然后继续读书。

一天，一个在江边洗衣服的老婆婆看到了韩信在喝江水充饥，便好心地邀请他去自己家喝水，顺便吃顿便饭。

韩信也确实饿得不行了，就跟着老婆婆去了。

吃饱饭以后，韩信帮老婆婆拎起衣服去河边。一路上，他们聊起了家常。老婆婆知道韩信的家世和抱负后，一再鼓励他："年轻人，好好读书，将来一定会有出息的！"

从那以后，老婆婆经常给韩信送些饭菜吃。韩信非常感激，他一再表示，日后一定会好好报答老婆婆。

老婆婆却说:"我不是要你报答才帮助你的,我只是同情你现在的遭遇。"

是啊,堂堂男子汉怎么能靠别人的同情生活呢?韩信默默地吃完那顿饭,就拜别了老婆婆,背起行囊,去闯荡天下了。

过了很多年,韩信终于闯出名堂来了——他帮刘邦打下了天下,建立了汉朝。刘邦封他为楚王,给了丰厚的衣食俸禄。韩信这时就想起了要去报答在江边洗衣服的那个老婆婆。

他托人找到了老婆婆,给她送去了柴米油盐和大量的生活用品。自己也在返乡的时候,亲自带上一千两黄金去登门致谢。

可是老婆婆说什么也不肯收下,她说:"一来我人老了,不知道还能活多久,这么多钱,我怎么也花不完;二来,当初我也只给了你粗茶淡饭,值不了几个钱。"

韩信却说:"您在自己十分困难的时候,还分一些饭菜给我,那些饭菜的价值,早就超过了这一千两黄金!"

给自己加油

从古时候开始,就有羊羔跪乳、乌鸦反哺、衔环结草等报恩的故事。我们中国是个有着五千年文化的礼仪之邦,知恩图报是基本的道德。

在你困难的时候,别人倾力帮助你。那种恩情,绝对不是多年后,用同样的物质可以报答的。有能力的话,请翻倍,翻十倍地去帮助那些帮助过你的人吧!

让美发光

勤奋者废寝忘食，懒惰者总没有时间。

牛顿忘食

牛顿被誉为人类历史上最伟大、最有影响力的科学家，他研究的领域包括了物理学、数学、天文学、神学、自然哲学等。你一定会好奇，他怎么会有这么多的精力？看了下面这个故事，你就能得到答案了。

一天，牛顿请一位朋友来家里吃饭闲谈。酒菜上齐的时候，牛顿突然想起了什么，也没跟朋友打声招呼，就急急忙忙钻进实验室里去了。

这位朋友知道牛顿的脾气，谁要是敢在他做实验的时候打搅他，一定会将他惹怒。朋友只好坐在餐桌旁耐心地等，等了很久后，肚子已经饿得咕咕叫个不停，牛顿却仍然在实验室忙活。看着桌上那金黄肥美的鸡腿，朋友实在忍不住，就动手吃了起来。

酒足饭饱后，牛顿仍然没出来，朋友只好把那吃剩的鸡

骨头留在碟子里，不辞而别。

又过了好一会儿，牛顿终于从实验室里出来了。这时，他早已忘记自己请了朋友来家里吃饭。当看到饭桌上杯盘狼藉时，他惊讶地自言自语："噢！原来我已经吃过了。"说完，他又回实验室了。

牛顿对科学的研究到了废寝忘食的境界，后来，他不仅发明了微积分，发现了万有引力定律和力学三大运动定律，还设计并实际制造了第一架反射式望远镜……

给自己加油

花儿坚持不懈地吸取大地的养分，才能换来绚丽的绽放；蜜蜂永不懈怠地采集花蜜，才能有蜂群的繁衍生息。

无论是为了最基本的生存，还是最灿烂的辉煌，勤奋都是必不可少的品质。吃苦耐劳免不了会有些艰苦，但是，这艰苦里透着旺盛的生命力，孕育了卓越和伟大。

谦恭的人像冬日和煦的阳光一样,无论走到哪里,都会受到大家的欢迎与喜爱。

没什么了不起的

小青蛙高傲自大,总是瞧不起别人,嘴上经常挂着一句话,"没什么了不起的"。

一天,小青蛙到森林中玩,看见长颈鹿正伸着长长的脖子,吃树上的叶子,不屑地说:"没什么了不起的,我也能吃到。"

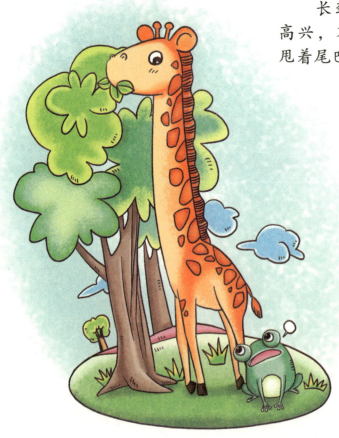

长颈鹿听了,心里不高兴,不想和它多说,就甩着尾巴走了。

小青蛙继续往前走,看见练习赛跑的小兔子,轻蔑地说"没什么了不起的,怎么跑也没我快。"

小兔子非常生气,瞪瞪小青蛙,一下子钻到草丛里了。

小青蛙往前走,看见袋鼠妈妈在教袋鼠跳远,冷冷地说:

"没什么了不起的,我比你跳得远多了。"

袋鼠妈妈不理它,带着小袋鼠回家了。

小青蛙很孤单,也很纳闷:为什么没有小动物愿意和我玩?于是,它去找猫头鹰先生诉苦。

猫头鹰也知道小青蛙的口头禅,便问:"你知道为什么大家都不理你吗?"

青蛙说:"不知道。"

猫头鹰先生说:"因为你总是骄傲地说'没什么了不起的',这会伤害你的朋友,不过只要你以后谦虚一点儿,朋友们就会喜欢你,才会愿意和你玩啊。"

小青蛙听了猫头鹰先生的话,脸红了,说:"我知道了。"

从此,它再也不说"没什么了不起的",而是说"你真了不起"。

小青蛙的朋友慢慢多了起来,自己也越来越开心了。

给自己加油

骄傲自满是一个可怕的陷阱,一旦掉下去就会孤助无援,然而这个陷阱是我们自己亲手挖掘的。当你说"没什么了不起的"的时候,不仅伤害了他人,也表现出了自己的无知。何不做个欣赏他人优点的人呢?真诚地鼓励说"朋友,你真棒",这不仅会赢得更多的朋友,也能表现出你的慷慨与风度。

虚心使人进步，骄傲使人落后。任何时候，都不要自我炫耀，而要时刻戒骄戒躁，保持谦逊的美德。

不要炫耀

在一次动物运动会上，辛巴的哥哥一连获得了短跑、跳高、举重三项冠军。辛巴就像自己得了冠军一样高兴，对它的小伙伴们炫耀说："你们知道我哥哥有多么厉害了吧……"

小伙伴们都羡慕地看着它，纷纷说："是呀！你哥哥可真厉害呀……"辛巴感到非常得意。

就在这时，辛巴的父亲狮子王出现了，它走到辛巴面前，严肃地说："那些冠军不是你得来的，你得意什么？记住，不要拿别人的东西来炫耀自己！"

后来，小辛巴越长越大，比哥哥还要高大、强壮。它每天勤学苦练，因为它也要参加动物运动会呀。这一次，辛巴获得了五项冠军。

它的小伙伴们跑上前来祝贺它："辛巴！你太棒啦！和你哥哥一样厉害啦！"

辛巴不以为然地说："哈哈哈……它哪里有我这么厉害

呀？我的奖杯差不多是它的两倍哟……"

就在这时，狮子王又走到辛巴面前，对它说："你可以自信，但是不能自大、自傲！记住，不要总是炫耀自己！"

辛巴拿着五个奖杯回家了，它的小弟弟看到后，喜滋滋地捧着奖杯出去找小伙伴们，"你们看我哥哥多了不起……"

伙伴们纷纷赞叹道："哇，辛巴真棒啊！它肯定是未来的狮子王！"辛巴在一边听着，非常开心，心想："这次我没有炫耀自己哦！"

就在这时，狮子王又说道："记住，不要让别人拿着你的东西去炫耀！"

辛巴羞愧地低下头，从此，它记住父亲这简短的三句话，不骄不躁，踏踏实实地勤学苦练，增长本领，后来真的当上了狮子王。

给自己加油

很多人都和小辛巴一样喜欢在别人面前炫耀自己得意的事情，以为这样朋友们就会佩服自己，羡慕自己。实际上，别人并不愿意听你的得意之事，你越是挖空心思想得到别人的注目，你越得不到它。因为，你的得意只能映衬出别人的无能，让他更加讨厌你。记住这样的一句格言吧：流星一旦在灿烂的星空开始炫耀自己光亮的时候，也就结束了自己的一切。

只有真正懂得分享的人，才会获得真正的快乐和真正的朋友。

百鸟王之争

从前，世界上没有鸟类。百鸟王和王后生养了百鸟，八哥公主和孔雀王子都是它们的儿女，不过它们的羽毛都不是现在这个样子。

一天，百鸟王把儿女们叫到身边，对它们说："孩子们，你们都一天天地长大了，父王我也一天天地老了。你们每人都可以从我这里领取一样宝物，或者学到一样本领。"

儿女们都十分兴奋，它们依次走到父王身边，或领取宝物，或学习本领。老鹰学会了捕兽，鱼鹰学会了捕鱼，百灵学会了唱歌，黄莺得到了一副好嗓子……

最后，百鸟王只剩下一样宝物、一样绝技，还有一件黑色衣裙。那件宝物是宝石般的羽衣，那种绝技是善讲人言的本领。谁要是得到宝石羽衣，谁就可以继承王位；谁要是学到讲人言的本领，谁就可以担任鸟类和人类交往的使者。

而最后，没有得到宝物和绝技的只剩下八

哥公主和孔雀王子了。

孔雀王子和八哥公主为难了，它们平日十分友爱，怎能为这事争先呢？

八哥公主说："哥，你先挑吧！"

孔雀王子说："妹，你先挑吧！"

八哥公主想了想，说："好的！"说完，它绕过宝石羽衣，拿起那件根本称不上宝物的黑色衣裙披在身上。

百鸟王死后，孔雀王子继承父位当了百鸟王。而八哥公主呢，成了鸟类和人类之间交往的使者，人们都很喜爱它。因为它有一身黑色的羽毛，人们都亲切地叫她"黛翎公主"。

给自己加油

　　八哥和孔雀互相谦让，懂得分享，这不仅让它们的友谊更牢固，还让它们获得天下人的尊敬与欣赏。

　　一个人，如果想要获得其他人的尊重，就应该学会谦让与奉献。因为，你怎样对待别人，别人就会怎样对待你。只有我们懂得谦让，并乐于奉献，才能和身边的人成为朋友。要知道，谁都不愿意和一个斤斤计较的人做朋友。

积极向前的人，有幸福相伴；努力向上的人，有幸福跟随。只要你积极努力，幸福就在你身边。

抓住幸福的尾巴

小狗依偎在妈妈怀里，突然想起主人说起的幸福，便问："妈妈，幸福在哪里？"

妈妈笑了笑，舔了舔小狗的鼻子，说："幸福啊，就在我们的尾巴上呀！"

听了这话，小狗一脸疑惑，自作聪明地想：要是这样，只要咬住尾巴，不就捉住幸福了吗？

想到这里，它从妈妈的怀抱里挣脱出来，开始追着自己的尾巴跑，可每次都没咬着。妈妈在一旁看着，含笑不语，任由小狗起劲地追咬尾巴。

过了一会儿，小狗累得气喘吁吁，遗憾的是，无论它怎样努力，还是咬不到自己的尾巴。它伤心地回到妈妈的怀抱，哭着说："妈妈，我怎么努力也咬不到尾巴，看来，我永远也追不到我的幸福了，呜呜呜……"

"傻孩子，"妈妈轻轻地拍着它的头，安慰说，"幸福是在你的尾巴上，可我没让你去追着咬呀。"

小狗完全糊涂了，泪眼汪汪地抬起头，问："既然幸福在尾巴上，如果我想拥有幸福，就应该去抓住它呀，不然怎么会拥有幸福？"

"哈哈哈，"妈妈大笑起来，"错了，孩子。当你不停地往前跑时，幸福就会一直跟在你身后。相反，如果你停下来朝后看，反而找不到。"

"原来是这样，"小狗笑起来，"那我知道怎么做了。"

说着，它再次挣脱妈妈的怀抱，撒开腿往前跑，马上觉得快乐起来。看来，妈妈说得很对，幸福已经紧紧跟在它后面了。

给自己加油

每天清晨醒来，我们睁开眼睛后，都会看到一个明亮的世界，一个崭新的一天。不管昨天是失败，还是辉煌，都已经成为过去。新的一天，生活依然要继续，人依然要往前走。忘记过去，勇敢地挑战更高的目标，不给自己向后看的机会，这样一来，尾巴上的幸福，也会如影随形，永远跟在我们身后。

如果你比对手更专注，你就能把他抛在身后。

寻找金表

一位农场主在查看谷仓时，不小心把金表弄丢了。

谷仓那么大，谷子那么多，一只表掉进去，就像是一根细小的针掉进了茫茫大海，怎么找呢？

恰好有一群孩子在附近玩捉迷藏，农场主把他们叫过来，说："孩子们，我的金表掉进谷子里了，谁要是能帮我找到，我就奖励他一匹小马。怎么样？"

这还用说吗？孩子们都非常高兴，兴冲冲地找表去了。

可是，他们辛辛苦苦地在谷堆里找了半天，就是没看到表的踪影，那谷仓里又闷得紧，他们热得满头大汗。

有几个孩子不愿意继续待在里面，便失望地离开了。

夜幕降临后，剩下的孩子也都失望地回家了，除了大卫。

大卫以前看过牛仔们骑

马时威风潇洒的样子,羡慕极了。他一直都想要一匹小马,可是太贵,父亲买不起。现在正好有个机会可以让他得到一匹小马,他可不愿放弃。

夜更深了,四周静悄悄的。大卫忙活了一天,实在累了,就坐在谷堆上休息。

突然,他听到一串微弱的声音。他屏住呼吸,慢慢地循着声音走过去,那声音变得更清晰了,没错!正是金表"滴答滴答"的声音。

他兴奋地冲过去,把谷子扒开,果然找到了金表。他兴奋地捧着金表,急匆匆跑到农场主面前。

农场主拿到金表后非常高兴,按约定奖给他一匹小马。

从此以后,大卫就有小马相伴了。伙伴们看着他骑在马上,羡慕得很,听了他寻找金表的经过后,更是悔恨不已。

给自己加油

人生就像徒步旅行,只有那些永不放弃的人,才能比别人走得更远,欣赏到更美的风景;人生就像爬山,只有那些坚持到底的人,才能攀登到最高峰,享受胜利的辉煌。

任何成功,都需要我们去努力争取。很多时候,我们比拼的不是才智与勇气,而是决心与毅力。

只要经受住艰难险阻的打磨，毛毛虫才能蜕变成美丽轻盈的蝴蝶。

毛毛虫与小精灵

从前有一只弱小的毛毛虫，一直生活在绿叶上。在它的心里，还住着一个可爱的小精灵。

看到其他动物有的在天上飞，有的地上跑，而自己只能慢吞吞地爬来爬去，毛毛虫很自卑："我怎么这么没用？"

这时，住在它心里的小精灵轻声说："毛毛虫，不要灰心，等你长大了就会变成一只非常漂亮的蝴蝶。"

毛毛虫听后，心情一下就好了。它把肚皮吃得圆圆的，希望自己快快长大。

时光轻飘飘地溜走，毛毛虫一天天地长大。它每天都在树叶上爬来爬去，锻炼身体。有一天，它觉得很疲惫，不想再动了。

小精灵说："不能偷懒哦，想要尽快变成蝴蝶，就得多加努力。"于是，毛毛虫昂首挺胸，继续爬来爬去。

慢慢地，毛毛虫要结茧了，它心里开始害怕，对小精灵说："如今，我就要被束缚在一间小茧房里了，我很害怕。为了变成蝴蝶付出这么多，实在不值得，我还是做一只平凡的毛毛虫算了。"

"不要害怕孤独,我就在你心中,一直陪伴着你。"小精灵说,"如果你半途而废,一定会悔恨终生。"

毛毛虫流下了一滴眼泪,然后慢慢地吐出一缕缕银丝,织成一个精致的茧房,将自己重重包裹在里面。它在房间内遗忘一切,安然地入睡了。

在休眠的时候,它的身躯慢慢地、慢慢地发生了变化。

毛毛虫醒来后,发现自己已经有了一双美丽的翅膀。它立刻兴奋地破茧而出,在空中翩翩飞舞。它真的变成一只蝴蝶了。

忽然,它想起了那个一直陪伴着自己的小精灵,想感谢她,可是小精灵不见了!原来,那个小精灵就是另一个积极向上的自己。

给自己加油

每一只蝴蝶曾经都是毛毛虫,但不是每只毛毛虫都能变成在空中翩翩飞舞的蝴蝶。只有破茧才能成蝶,只有历经痛苦才能获得成功。

在遭遇困难的时候,不要惊慌,不要害怕,平静下来,让心中的小精灵给你鼓励,和它一起破茧成蝶,一起在无边的花海中翩翩起舞。

再多的物质力量,也比不上百折不挠的信念。

鹰中之王的魔鬼训练

有一种鹰叫雕鹰,有着"飞行之王"的称号。无论从飞行的速度、敏捷度,还是飞行的时间来看,它都可以称作是"鹰中之王"。只要是它盯上的猎物,就不可能逃脱。

那么,雕鹰为什么会成为飞行之王呢?这与雕鹰妈妈对孩子的残酷训练分不开。

雕鹰宝宝出生后没过几天,母鹰会用食物将小雕鹰引出窝,让它们学会简单的飞翔。

经过成百上千次的初步训练后,母鹰就带小雕鹰来到很高的地方,比如悬崖,然后把它们"摔"下去。一些还没来得及学会飞翔的弱小雕鹰,就活活被摔死了。

那些没有被摔死的小雕鹰飞回妈妈的怀抱。母鹰却毫不留情地把孩子

"摁倒"在地,然后强行"换骨"。

只听见"咯咯"的骨头断裂声,小雕鹰翅膀上的骨头,大部分都被妈妈硬生生地折断。随后,母鹰再次把幼小的生命推下悬崖,很多小雕鹰就再也没能飞上来。能够飞上来的幼鹰,才是最后的幸存者。

看到这种场景,有的猎人动了恻隐之心,在幼鹰被折断翅膀之前,偷偷将它们带回家喂养,帮它逃过"魔鬼训练"。但后来猎人发现,那些被喂养的雕鹰根本就飞不高,那两米多长的翅膀像是变成了累赘,在拍打的时候显得非常费劲。原来,母鹰"残忍"地折断小雕鹰翅膀中的大部分骨骼,再将它扔下悬崖,是为了让它在剧痛中不断挥动双翅,让翅膀中的骨骼不断充血。只有这样,它们的翅膀才能变得强壮有力,才能在空中自由地翱翔。而那些没能成功"换骨"的翅膀,是没法让雕鹰成为飞行之王的。

给自己加油

要想成为鹰中之王,小雕鹰就得换骨,忍受剧烈的痛苦。同样,要想成为人类中的佼佼者,也要忍受比常人更多的痛苦。

任何改变都是需要吃点苦头的,不要害怕眼前的痛苦,为了追求自己的梦想,为了更加美好的明天,吃点苦头又算得了什么呢?

任何的力量，都是从自己的内心开始的。相信自己能够做到，那你离成功就近了一步。

"我不能"先生

老师走进教室，认真地说："这节课，我想和大家玩一个游戏。"一听到玩游戏，学生们立即有了兴致。

"什么游戏暂时不说，不过先请大家把'我不能……'写下来，比如，我不能和同桌好好相处，我不能背诵课文，等等。"老师指着一个纸盒，"写完后把纸放进这个盒子里，明白了吗？"

学生们点点头，纷纷拿出纸笔，埋头写起来。大约一刻钟后，学生几乎都写了满满一张纸，依次放进盒子里。

老师拿着盒子说："现在请大家排好队跟我走。"说完，她走出教室，带领全班学生来到学校一个偏僻的角落，开始挖起坑来。

大家齐上阵，你一锹我一锹轮流挖。等坑挖好后，老师又把盒子放进去，再用泥土盖上。

这时，一个学生按捺不住，问道："老师，究竟玩什么游戏，我都等不及了。"

"我正准备说呢，"老师笑了笑，说，"今天我们玩的游戏叫'埋葬我不能先生'。盒子里装着的，都是大家写的'我不能……'的事情，每件都是一位'我不能先生'，这个坑就是他们的墓地。请大家手拉手，我们准备为他们默哀。"

不一会儿，学生们围成一个圈，静静地低下头。

老师庄重地念起了悼词："我不能先生，现在，我们已经把您埋葬了，不仅为您准备了墓地，还立下了墓碑，希望您能够安息，更希望您的兄弟姐妹——'我能''我愿意''我可以'等，代替您来到我们的生活中。"

"我不能先生，您安息吧！"学生们异口同声地说。

仪式结束后，大家回到教室，吃着零食，喝着果汁，庆祝埋葬了"我不能先生"。

给自己加油

一位聪明的老师，一群可爱的学生，与一个"我不能"先生，玩了一个新颖的游戏。这个故事讲述了一个简单的道理：人的成功，是从告别"我不能"开始的。有的人自信满满，心中回响着"我能"，所以他成了强者；有的人畏首畏尾，心中回响着"我不能"，所以他永远失败。

爱朋友，喜欢朋友，用诚意去对待朋友，但不要依赖朋友，更不要苛求朋友。能做到这几点，你才可以享受到交友的快乐。

四个平头小女孩

小区里有四个同龄的女孩，她们在同一所学校读书，每天一起上学，一起回家，简直形影不离。

不幸的事情发生了，其中的一个女孩遭遇了车祸。所幸伤势不重，经过一段时间的治疗后，她就出院了。另外三个女孩总算松了一口气，就聚集到她家，兴高采烈地谈论着学校的趣事。

女孩换上久违的校服，背着书包站在镜子前，东照照西照照。突然，她放声大哭起来："我的头发和男孩子一样短，大家肯定会嘲笑我的，明天我不要去上学了！"

原来发生车祸后，为了方便治疗，医生把她的长头发剪成了小平头。

三个孩子慌了手脚，绞尽脑汁地安慰她，可无济于事，女孩死活也不肯去学校。

第二天早上，女孩家门外传来敲门声。她打开门一看，惊讶得半天说不出话来——三个好朋友昨天还是长发飘飘，今天个个都剪成了小平头。

"我们剪了和你一样的短头发，这样你总该去上学了吧？"她们笑着说。

女孩感动地说："我没想到……难道你们不怕别人笑话吗？"

"怕什么？"三个女孩一起说，"我们是朋友嘛，有福同享，有难同当。"

看着她们的短发，女孩激动得一句话也说不出来。

"还愣着干吗？赶紧拿书包上学去，不然得迟到了。"女孩们提醒道。

四个穿着裙子的平头小女孩，手拉着手走在柔和的晨光中，勇敢地向学校走去。其他女孩见到这道风景，醒悟地说："原来现在流行小平头啊，哪天我也去剪一个！"

给自己加油

多么善良的三个女孩，为了消除朋友的不安，她们甘愿剪掉心爱的长发。对待朋友就要像她们这样，真正地理解朋友，真心地为朋友着想，在朋友需要帮助的时候，及时站在她的身边，一同面对困难。如果你懂得这个道理，并且坚持做到，那你一定会成为受欢迎的人。

生命只有一次，失去了就不能重新拥有。如果一个人只是度过一天算一天，什么希望也没有，他的生命实际上也就停止了。

关上15年

在一次聚会中，律师与企业家谈到一个犯人，他刚被判了15年徒刑。

企业家说："在监狱里蹲15年，没有一点儿自由，还不如干脆判死刑算了。"律师不同意："活着就有希望，无期徒刑也比死了好。"

两人谁也说服不了谁，就打了一个赌：企业家把律师关起来，每天给他提供书籍。如果律师能坚持15年，他就可以得到企业家的全部财产。

第二天，企业家领着律师来到后花园的小屋，屋子四处

密封，只有一个送食物的小窗口，还有成堆成堆的书。就这样，律师像犯人一样，在小屋里过起了与世隔绝的生活。

时间一天天地流逝，律师沉浸在书海里，如痴如醉地读着书。不知不觉，15年的期限到了，还差最后一天。

很不巧的是，企业家这时破产了，财产所剩无几，他担心地想："时间到了，如果律师出来要我的财产，我就会立刻变成一个穷光蛋。不行，我绝不能让这件事情发生。"

当天晚上，他偷偷来到花园的小屋外，撬开锈迹斑斑的铁锁。在昏黄的灯光下，只见律师正趴在桌上熟睡。企业家举起手中的匕首，打算趁机杀了律师，却发现桌上放着一封信。

企业家好奇地展开一看，上面写着：

非常感谢你，这15年来，我读了大量的书，学到了许多知识，它们是我用不尽的宝贵财富，所以我决定不要你的财产了。天亮之前，我将破窗出去，自动毁约。

看完这封信，企业家放弃了杀害律师的念头，又悄悄地退了出去。

拂晓前，律师醒过来，果然从窗户逃了出去。律师哪里知道，在他好心保留企业家财产的同时，也保住了自己的生命。

给自己加油

这个故事包含了许多道理，其中最重要的一个就是热爱生命。就像律师所说的，活着就有希望。一个人连生命也没有，一切又有什么意义？世界上万事万物，最珍贵的便是生命。中国有句谚语，好死不如赖活着，用死亡来解决问题不是勇敢，是懦弱地逃避。而活着，却需要巨大的勇气。

> 不要为贫穷忧虑，比起财富来，德行更重要。

一锭金、一张饼和一碗粥

颜回是春秋时期著名的思想家，也是孔子的大弟子。由于他的家境是同学们当中最差的，不少同学看不起他。

有一天，一个同学丢了一些钱财，大家都怀疑是颜回偷的，因为那些东西对于富有人家的孩子根本不算什么。

孔子却没有这样想，他说："颜回家里虽然很穷，但他洁身自好，绝不可能做这些小偷小摸的事情。不信的话，我们可以做个测试。"

说完，孔子便取出一锭黄金，放到颜回经常打水的井台边，并在金锭上写了一行字"天赐颜回一锭金"。

放好以后，大家都躲了起来。没多久，颜回来打水了。当他看到了这锭金子和金子上的字，不但没去拿金子，反而在金锭上加了一行字——"外财不发命穷人"。

经过这件事以后，同学们对颜回佩服得五体投地，都觉得颜回人穷志不穷，日后定成大器。

还有一回,孔子关心地问颜回:"你今天回家吃了什么啊?"

颜回说:"吃了一张饼跟一碗粥啊。"

孔子不太相信,第二天放学便偷偷地跟着去颜回家看看。结果让他大吃一惊——原来颜回每天回家只吃一碗粥。

等颜回回来,孔子又问他:"你今天回家吃了什么啊?"

颜回又说:"吃了一张饼跟一碗粥啊。"

孔子说:"老师不是教导过你,为人要诚实,不可以说谎!你明明只吃一碗粥,为什么说还有一张饼呢?"

颜回说:"粥放久了,上面会结有一张冻皮,不就是饼吗?"

孔子听了他的回答,很是心疼,便掏出一些钱想帮助颜回,颜回婉言拒绝了。

给自己加油

贫穷并不可怕,可怕的是没有勇气正视贫穷;贫穷并不可怕,可怕的是因为贫穷产生了自卑,失去了上进心。贫穷并不可怕,只要你不认为自己低人一等,不把贫穷当作向别人索取馈赠和帮助的借口,自强自立,贫穷反而会成为你一生最珍贵的财富!

英雄自古出寒家,纨绔子弟少伟男。一个不被贫困打倒的人,将是一个顽强的人,一个值得别人尊重的人!

谁在平日节衣缩食，在穷困时就容易渡过难关；谁在富足时豪华奢侈，在穷困时就会死于饥寒。

花边饼干

从前有个小少爷，家中开了七家粮店，富得流油，因此穿的是最好的绫罗绸缎，吃的是最好的美味佳肴，花起钱来眼睛都不眨一下，最常说的一句话就是："我有吃不完的粮食呢！"

小少爷最喜欢吃饺子，迎福饺子馆是他最常去的地方。他吃饺子十分挑剔，只吃饺子馅儿，其他部分就全丢在一边。

老板和客人们看了都纷纷摇头，说："真是浪费啊！"

小少爷嘴一撇，说："这有什么，我家有吃不完的粮食呢！"

就这样，这位小少爷每天都过着挥金如土的日子，很快就把家里的钱财挥霍一空。父母去世后，他就沦为了街头乞丐。

这天他实在是太饿了,来到迎福饺子馆,想乞讨几个饺子吃。可是吃饺子的人都不理睬他。

"哼,这个铺张浪费的少爷,饿死活该!"

"这就是浪费粮食的下场!"

小少爷又去求老板。老板摇摇头,说:"免费的饺子没有,但是有花边饼干,你吃吗?"

小少爷连忙答应,跟着老板来到后院。院子里的石桌上果然堆满了花边形的小饼干。

小少爷冲上去狼吞虎咽一番,边吃边说:"真好吃,真好吃。"

老板叹了口气,说:"这些都是你吃剩下的饺子边,我看丢了可惜,就留下来都晒成饼干了。"

听了这些,小少爷突然明白了些什么,顿时泪流满面……

给自己加油

勤俭节约的人,是在储备将来的幸福;挥霍无度的人,是在透支幸福的明天。谁在平日里节衣缩食,在贫困时就容易渡过难关;谁在富足的时候豪华奢侈,在穷困时就会死于饥寒。

从我做起,从身边的小事做起,节约每一颗粮食、每一滴水、每一度电,将我们中华民族的传统美德发扬光大。

我们要交往的人，是那些勤俭朴素、高尚品德的人，而不是打扮得光鲜亮丽，实际上却一文不名的人。

国相论妾和马

春秋时代，鲁国有个叫季文子的人，他出身于三世为相的贵族家庭，是一个著名的外交家。

他为官三十多年，却一生俭朴，家中不但没有穿丝绸衣服的妻妾，厩中也没有喂粮食的马。除了朝服以外，他没有几件像样的衣服，每次外出，所乘坐的车马也极其简单。

有个叫仲孙它的人，劝他说："你身为一国重臣，又做过两代君王的国相，德高望重，但你的妻妾不穿丝绸衣服，马不吃粮食，自己也穿得这么朴素，这样不是显得太寒酸，让别国的人笑话您吗？这样做也有损于我们国家的体面啊！"

季文子听后，淡然一笑，严肃地说："我也希望把家里布置得豪华典雅，让妻妾们打扮得美丽动人，让马也吃上粮食，但是你看看我们国家的老百姓，还有许多人吃着粗糙得难以

下咽的食物,穿着破旧不堪的衣服,甚至有的人正在受冻挨饿。想到这些,我怎能忍心去为自己添置家产呢?如果平民百姓都粗茶破衣,而我却妆扮妻妾,精养马匹,这是国相应该做的事吗?况且,我只听说可以用德行和荣誉来为国家增添光彩的,没有听说用衣服和马来给国家增添光彩的。"

仲孙它的父亲听说这事后,把仲孙它关了七天。后来,仲孙它也效仿季文子,让妻妾穿粗布,马吃杂草和谷糠。

季文子知道后说:"知错能改,就是人上人啊。"于是推荐仲孙它做了上大夫。

给自己加油

季文子身为鲁国的贵族,官居要职,却过着勤俭的生活。衣着简朴的他,不但没有被人轻视,反而得到人民更多的尊敬与爱戴。

一个人的德行如何,不取决于他华丽的衣着,也不取决于他家中豪华的摆设,而是看他是否心存仁厚,为人谦卑,言行一致。

认可、赞美和鼓励，能使白痴变天才；否定、批评和讽刺，可使天才成白痴。

总统"刮胡子"

柯立芝是美国第三十届总统，刚上任时，由于许多事情需要处理，他便聘请了一个女秘书来协助自己。

这个女秘书年轻漂亮，但遗憾的是，她的工作做得并不漂亮，明明都是些很简单的事情，她却总出问题，不是记错了时间，就是打错了字，给柯立芝的工作带来了很多麻烦。

有个参议员提议说："总统，要不要给您换个得力的秘书？"

柯立芝奇怪地问："为什么？"

"您看，女秘书本来是给您分忧的，可现在她倒在添乱。"

"哦，我找机会说说她吧！"柯立芝皱着眉头说。事实上，他很不愿意说，更不知道该怎么说。

这天，他去理发店刮胡子。在刮胡子之前，理发师先给他的下巴抹上一些肥皂水。柯立芝突发奇想地问："为什么要先涂肥皂水呢？"

理发师笑着回答说："这样刮起来才不会疼呀！"

说者无心，听者有意，柯立芝顿时有了主意。

第二天，秘书走进办公室，柯立芝送上一个真诚的笑容，夸奖说："你今天穿的衣服真好看，把你衬托得更美丽了。"

总统平时很少夸人，听到这番美言，女秘书受宠若惊，傻傻地愣在原地，不知道该说什么才好。

见她窘迫的样子，柯立芝接着说："你把自己和衣服都打理得很漂亮，我相信，你也能把工作打理得一样漂亮。"

女秘书明白了总统的意思。说来也奇怪，从这天以后，她的工作果然很少出现错误。

参议员发现这个情况，好奇地问柯立芝："总统，你是怎么让她改正毛病的？"

"呵呵，"柯立芝笑了笑，"你看过理发师给人刮胡子吗？"

"刮胡子和这件事有什么关系？"参议员更糊涂了。

柯立芝解释说："在给人刮胡子之前，理发师会先给客人涂上肥皂水。这样在刮胡子的时候，客人就不会感到疼痛；我想给女秘书提意见，事先赞赏她几句，然后再委婉地提出建议，她自然很高兴地接受。"

给自己加油

没有谁喜欢听到批评，也没有谁愿意别人对自己指指点点，每个人都希望给别人留下一个好印象，聪明的柯立芝非常清楚这一点。他先真诚地夸奖女秘书，然后再委婉地提建议，女秘书自然乐意接受。

因为真诚的称赞是人人都喜欢的。试着用真诚、赞赏的眼光去看待身边的人，你将会发现，很多让你头痛的问题都将烟消云散。

困难阻挡不了真挚的情谊,就像巨石阻挡不了涓涓流水。

胡人杀来了

汉朝时,有个叫荀巨伯的人,听说好朋友感染了风寒,躺在床上起不来,便从远方赶来他家探望。荀巨伯正安慰着朋友,外面忽然传来哭喊声。

他走出门一看,老百姓都在慌慌张张地逃难。一问路人才知道,是胡人大军正在攻打县城。县城眼看就要失守了,于是大家赶紧各自逃命。

荀巨伯慌忙进屋,将外面发生的事情告诉给朋友。朋友听后,说:"我现在病倒在床上,是无论如何也跑不动的。我必死无疑,但不能连累了你,你快逃吧!"

可是荀巨伯仍旧坐在床沿,说:"大难临头,丢下朋友独自逃命,这种事情我荀巨伯做不出来。"

朋友听了感动得流下泪来,紧紧地抓住荀巨伯的手,再也不说什么了。

没过多久,城门就被攻破,成千上万的胡人拿着刀剑杀进了城里。他们很快就发现了荀巨伯和他的朋友，将俩人五花大绑，押送到胡军大将那里。

那个胡人将军长得极其彪悍，两只眼睛凶狠无比，就像狼的眼睛一样。他走到荀巨伯跟前，厉声问道："所有人跑了，你为什么不跑？"

荀巨伯平静地回答："朋友因病重无法逃生，我不忍心丢下他，所以留下来陪他。现在，我愿意用我的性命，来换取朋友的命。"

胡人将军被深深地震撼了，半天合不拢嘴巴。他一向敬佩重情重义的人，马上叫手下把荀巨伯他们都放了。

随后，他召集部下商议说："我本以为中原人都是一些背信弃义的人，现在才发现自己错了。中原文化博大精深，能出现刚才那样舍生取义的人，绝非偶然。我们还是见好就收吧，不然最终吃亏的只会是我们自己。"

很快，胡人就退兵了，县城也得以保全。

给自己加油

烈火见真金，患难见真情。在危难之时，将自己的生死置之度外，与朋友共患难，这是多么伟大的情谊呀！

在一个人患难时，只有那些真正的朋友会不顾一切地给予帮助。比起那些能一起享乐，却无法共患难的朋友，这样的朋友更难求，更值得珍惜。

感恩是所有美德中最微小的，却是最根本的。没有感恩，就没有真正的美德。

奶妈快走

西汉时期，汉武帝刘彻重用人才，虚心接受大臣意见，使中国成为当时世界上最强大的国家。

刘彻小时候，母亲王美人为他请了一位奶妈。这位奶妈四十岁左右，是一位侯爵的母亲。她对刘彻非常疼爱，呵护备至。刘彻长大称帝后，尊称她为"大乳母"，给了她重赏，还特许她在御道上驾车。这可是非常高的荣耀，相当于汉武帝将她当作自己的亲生母亲了。

只可惜，祸福相依。大乳母的子孙仰仗着武帝的恩宠，在长安市胡作非为，甚至光天化日之下强抢民女。这可惹恼了当地官员，他们联手向武帝打小报告，请求武帝把大乳母发配边关。武帝以大局为重，就答应了。

奶妈得知后，惊慌失措。子孙犯的法，怎么能跟她扯上关系呢？更何况自己也三番五次地劝说过，可那些子孙们根本就不听啊。最后，奶妈只好找到直言敢谏的东方朔，向他求救。

东方朔说:"皇上心硬又固执,别人劝他是没用的。你在临走的时候,只要频频回头看,我自有对策来救你。"

于是奶妈依计行事,在和武帝告别时,频频回头。武帝身边的东方朔趁机大声喊着:"老太婆,你还不快点儿走!为什么还要回头看?有啥好看的?陛下都已经长大了,难道还要吃你的奶吗?"

武帝听了,脸顿时就羞红了。他想,小时候奶妈那样无微不至地照顾自己,比亲生母亲都要好,现在自己干的是什么糊涂事,竟然恩将仇报,把她丢到荒山野岭?

于是他恍然大悟,赦免了奶妈,并向她赔罪。

给自己加油

卢梭有句名言:"没有感恩就没有真正的美德。"感恩像清晨的第一缕阳光,指引我们走向光明。

知恩图报的人,心中有善念,尊重他人的善意,能看到世界最美的一面;不感恩的人,心中只有自己,极度自私贪婪,心灵堕落在阴暗之中。

在这个世界上,我们永远需要报答最美好的人,这就是母亲。

圣诞礼物

圣诞节就要到了,十岁的约翰看着灰蒙蒙的天空,怎么也开心不起来。

原来他妈妈去年出车祸,两条腿瘫痪了,只能坐在轮椅上。更糟糕的是,最近她的手越来越乏力,连轮椅也摇不动了,她只能待在家里,脸上的笑容越来越少。

以前,约翰不开心的时候,妈妈总会想法子逗他:讲笑话、挠痒痒、做游戏……现在,约翰试着用这些方法来逗妈妈,她却依然闷闷不乐。

"妈妈肯定是在家里憋坏了,要是能出去散散心肯定就能好起来。"约翰心里想着,"要是给她弄个电动轮椅就好了,可惜太贵,家里买不起。"

这一天,约翰一个人在书房里发呆,他忽然想到了

圣诞礼物，或许圣诞老人能满足他的愿望。于是他认认真真地给圣诞老人写了一封信，并投进了邮箱。信是这么写的：

亲爱的圣诞老人，我想要的唯一礼物就是一辆电动轮椅。因为我妈妈瘫痪了，可她的手又没有力气，摇不动手摇轮椅，只有一辆电动轮椅才能让她自由活动。我是多么希望妈妈能和我一起到户外玩游戏啊！

爱你的约翰

邮局的拣信员莉莉看到约翰的信，非常感动，决定帮助他。于是，她打电话给一家轮椅供应商店，告诉了商店经理这个情况。商店经理又与轮椅制造厂取得联系，厂商当即同意赠送一辆电动轮椅。

就这样，圣诞节那一天，一辆价值2500美元的电动轮椅送到了约翰家里。

妈妈感动得哭了出来，吻了吻孩子说："这是我度过的最美好的圣诞节，谢谢你，约翰！"

到了晚上，约翰在日记本上写道：现在我敢肯定，这个世界上真的有圣诞老人！

给自己加油

"谁言寸草心，报得三春晖。"父母的养育之恩，我们是永远也报答不完的。

也许现在的我们还没办法为父母分担太多，但我们依然可以做些力所能及的事，比如，洗碗、扫地，比如，对爸妈说句"我爱你"。有时候，一个小小的举动，却能带来意想不到的效果。

多一些宽容，就少一些隔阂；多一分宽容，就多一分友爱。

老鼠救老虎

老鼠小灰胆子很大，天不怕地不怕，伙伴们都很佩服它。

这一天，小灰正和同伴们在森林里嬉闹，突然，大家都不敢动弹了，连大气都不敢出。原来，在前面的树荫下，有一只老虎在睡午觉。

小灰转了转眼珠，悄悄地对同伴说："我要去摸摸老虎的胡须。"同伴们都大吃一惊，想要劝阻，可是小灰已经溜到了老虎身边。

只见小灰轻轻地从老虎的尾巴爬到老虎的背上，接着又爬上老虎的头顶。它正想得意地向同伴们炫耀，一抬头却发现同伴们都不见了。直觉告诉它，大事不妙。

"臭老鼠，吃了熊心豹子胆了，敢打扰本大王午睡！"小灰低下头来，正好看

到老虎愤怒的眼神与锋利的牙齿。

眼看老虎扬起前爪准备拍死自己,小灰却大着胆子谈起了交易。它一本正经地说:"如果你现在放我一马,日后你遇到危险,我一定救你一命。"

老虎听了大笑,自己怎么可能沦落到靠一只小老鼠救助的地步?不过,老虎倒有点儿欣赏它的胆气,便放了它。

一眨眼就过了好几年。这天,森林里传来一声枪响,紧接着是老虎的哀号,原来是猎人用麻醉枪打中了老虎,将它捆了起来。

老虎的哀号声传到小灰耳中,它立即循着气味追到了猎人的营地。等到天黑猎人睡熟了后,它悄悄溜到老虎身边,用牙齿把绳子咬断,将老虎救了出来。

老虎早就忘记了小灰,惊讶地问它:"你什么要救我?"

小灰说:"几年前,我打扰你午睡,你饶了我。现在,我是特意来报恩的。"

从此,老虎和老鼠成为了好朋友。

给自己加油

施恩的人可以不求回报,但是受恩的人一定要知恩图报。正因为有了他人的恩义,才有了我们的今天。

恩义是一束阳光,能赐予我们生的力量;感恩是一面镜子,能折射出人性的光芒。如果我们每个人、每天都在不断地施恩、感恩,这个世界一定会充满温暖。

爱人者，人恒爱之；敬人者，人恒敬之。

巨人的花园

有一个巨人，他有个大花园，里面鲜花遍地，果树成荫，还有许多叽叽喳喳的小鸟，穿梭在树叶间快活地唱着歌。孩子们一心想到花园里瞅瞅，但巨人从来不让进去。

有一次，巨人出了远门，孩子们趁机溜进了花园，每天都在这里玩得不亦乐乎。

巨人回来后，看到孩子们在花园里嬉闹，气急败坏地大吼："这是私人花园，不是公园！你们快点儿给我滚出去！"孩子们吓了一大跳，赶紧跑了。

几天后，有的孩子还会趴在墙上，欣赏园内的风景。巨人看到后，立刻把墙砌得高高的，这样一来，花园就彻底与世隔绝了。

冬去春来，正是百花齐放的时节。巨人却惊讶地发现，其他地方的花儿都绽放了，唯独自己的花园仍是一派冬季的凄凉景象。

原来，花园里没了生气，花儿不愿意开放；鸟儿没看到孩子，也不肯来歌唱。

自私的巨人还在纳闷："为什么春天就是不肯来到我的花园？"

不但春天不肯来，连夏天也没有在花园里出现。其他地方的树木果实累累，唯有巨人花园中的树木是光秃秃的。这个花园，没有了温暖和生机，永远是冰雪覆盖的冬季。

突然有一天，巨人听到鸟儿在自己的花园里欢唱。他赶紧跑出去看，原来，好奇的孩子们从围墙的一个洞里钻了进来，当他们发现花园里有雪花，高兴得不得了，一起在雪地上打起了雪仗。随着孩子的到来，鸟儿也来了，欢快地鸣叫着。

这时候，奇迹出现了，光秃秃的树枝长出了嫩绿的芽儿，雪地出现了草皮，开出了鲜花。巨人恍然大悟：春天之所以迟迟没有来到自己的花园，是自己将它拒之门外了，因为孩子们是春的使者。

巨人微笑地看着孩子们在花园中尽情地打闹玩耍，感慨地说："接纳这些可爱的孩子，就是接纳春天。"

给自己加油

孟子曰："爱人者，人恒爱之；敬人者，人恒敬之。"意思是说，你要是爱别人，别人就会爱你，你要是尊敬别人，别人也会尊敬你。

送人玫瑰，手有余香；友好待人，换束微笑。只有开放胸怀，与人为善，才能让自己的世界春光烂漫；要是封闭内心，目中无人，感受到的只会是凄凉冰冷。

如果你想要拥有一个美丽的世界、快活的人生，记得要心胸宽广、博爱众生。

嫉妒是烈火，炙烤你的内心，让你终日饱受煎熬；嫉妒是灰尘，蒙蔽你的双眼，让你看不清是非黑白。

蜘蛛与燕子

从前有一只毒蜘蛛，对燕子充满了妒忌和仇恨，因为燕子经常捕捉苍蝇。

对蜘蛛来说，苍蝇可是最好的美味，比其他的小虫子好吃多了。更何况，捉到一只苍蝇能吃上好几顿，那样，蜘蛛就能有个小假了。

可惜蜘蛛个小，爬得又慢，没办法捉到苍蝇，只能靠蜘蛛网把苍蝇网住。而苍蝇很少撞上蜘蛛网，即使真的撞上，强壮的苍蝇还可以挣脱开来。为此，蜘蛛郁闷不已。

而那只可恶的燕子，居然可以在空中自由自在地飞翔，对它而言，抓苍蝇简直是轻而易举的事。

每当想到这，蜘蛛就愤愤不平，它觉得燕子经常有意在自己面前卖弄天赋，也许心里还嘲笑自己只知道傻乎乎地待在网里呢。

就这样，蜘蛛越想越气，最终恨从心中起，它决定报复燕子。

有一天，它偷偷地来到屋檐下，在燕子的必经路上织了一张网。它计划在网住燕子后，快速地咬它一口，用毒液麻倒它。

网织好后，它就在那里等着。

过了一会儿，燕子像离弦的箭穿过又轻又薄的蜘蛛网。它不但没被蜘蛛网网住，反而把守在网上的蜘蛛带到了屋顶上！

蜘蛛大惊失色，可又无能为力，直到现在它才明白自己是多么

的渺小,而燕子又是多么的强大。

燕子飞走后,蜘蛛被卡在屋顶的瓦缝中动弹不得,既织不了网,又捉不到食物,眼看就要饿死了,它后悔地说:"我怎么会傻到跟燕子怄气呢?我本来可以自由自在结网捕食,现在却被困在这里等死。哎,如果上天能够给我一个再来一次的机会,我一定不会再干这样的蠢事。"

给自己加油

　　松树、木棉、白桦等乔木,挺拔高大;玫瑰、牡丹、茉莉等灌木,小巧秀美;蜘蛛能结网,燕子会飞翔。它们各有各的优势,各有各的妙处。

　　每个人都是世界上独一无二的,与其花时间去嫉妒别人,还不如找到自己身上的闪光点,努力发挥自己的长处,成就最特别的自我。

宽厚待人是一种美德，对人、对己都会受益无穷。

真假爱因斯坦

美国有很多大学都争相邀请爱因斯坦去作演讲，害得这位博士疲于奔命，连休息的时间都没有。

理查是爱因斯坦的专职司机，他每次把博士送到演讲会场后，都会坐到观众席里听演讲，而且听得很认真。

在台下做了二十多次的观众后，理查突发奇想，不好意思地对爱因斯坦请求说："我已经听过您很多次的演讲了，差不多已经能背下来。我想您每次做同样的演说也腻味，不如让我也上一回演讲台吧。我真的很想尝试一下，而且我相信自己能够胜任。"

爱因斯坦饶有兴趣地说："好啊，没问题，反正这所学校也没几个人认识我。你等一下戴上我的帽子，穿上我的西装，应该也能蒙混过关。"

理查感激不已，又紧张得要命，他等

一下就要当着高校师生的面作学术演讲啦！这可不是谁都能有的机会。

到了演讲的时间，理查深吸一口气，走上演讲台，滔滔不绝地开始了一场精彩的演讲。他果然如自己所说的那样，准确无误地完成了演讲任务，骗过了观众的眼睛和耳朵。真正的爱因斯坦却穿着司机衣服，坐在观众台中，对他频频点头称许。

演讲结束后，"爱因斯坦"正要走下演讲台，突然，一位台下的教授请求他回答一个有关相对论的问题。

"爱因斯坦"这下可头大了，念演讲稿很简单，可要回答问题就难了。这时候，他急中生智，说："这个问题太容易了，我很奇怪你居然不知道，就让我的司机代为解答吧。"

于是，"司机"来到台上进行了完美的解说。在场的人听了一个个都目瞪口呆，不但由衷地佩服这位"司机"，也更加敬佩"爱因斯坦"了。

给自己加油

海洋接纳万水，才有它的浩渺博大；山川不弃一土，才有它的巍巍伟岸。很多名人都有着宽广的胸襟，待人宽厚，博爱众人。宽厚让他们懂得了生活，博爱给予了他们追逐梦想的激情。

如果你也在寻找梦想，寻觅生命的真谛，那么就从宽厚、博爱做起吧。

让德芬芳

与他人分享，表面看来，你拥有的东西好像越变越少了，但实际上，你获得了更多看不见的财富，比如友情，比如智慧。

将枣子留下

老人在院子里种下一棵枣树，可他从来没吃过枣子，因为每年枣树刚刚开始结果，不少淘气的孩子便跑过来偷偷摘枣吃。老人十分生气，便把树上的枣子全都打下来了。

这年，枣树又结出了新枣，孩子们照例跑来偷枣。老人看到了，走出大门，大声问："你们想吃树上的枣吗？"

孩子们点点头。

"枣子要成熟变红了才好吃。可你们看，现在树上的枣子都是青色的，难道你们想品尝这些难吃的枣吗？"老人微笑着问道。

孩子们你看看我，我看看你，摇了摇头。

一个孩子壮着胆子问老人："伯伯，那等到枣子变红了以后，我们可以来吃吗？"

"当然可以，那时的枣才最甜呢！"老人激动地说。

终于到了枣子成熟的时候，枣树第一次挂满了沉甸甸的果实，远远望去，好像一盏盏红色的小灯，漂亮极了。

老人把红红的枣子分送给孩子们和邻居，大家都尝到了又甜又大的枣。

给自己加油

把枣子都摘走，自己也不能尝到最好吃的果实；把枣子留下来，在自己品尝美食的同时，还可以让更多人分享收获的喜悦，这是一件多么快乐的事情啊！甘于分享是豁达，懂得分享是智慧。学会与他人共享，你才能拥有更多。

成长的过程就是破茧为蝶的过程。不经历痛苦，怎能褪掉青涩，在阳光下舒展你轻盈美丽的翅膀？

破茧是磨炼

一个小男孩在屋外玩，无意中看到树叶上有一个茧在晃动，他猜想肯定是里面的昆虫要钻出来了，于是走过去仔细观察。

时间一点一滴过去，小男孩的腿都站酸了，可茧还是完完整整的。

他心里想着，这里面的昆虫到底是什么呢？是美丽的蝴蝶，还是扑火的飞蛾？它怎么还不出来？是不是它力气太小，需要帮忙呢？

看着茧一直在晃来晃去，小男孩着急地自言自语："里面的虫子出不来，一定很痛苦，我应该帮帮它。"说着，他立即跑进屋，随即拿了一

把剪刀出来，在茧上面剪了一个小洞。

不久，里面的小昆虫感受到光明，变得更活跃了。不一会儿，茧的裂口处被咬得更大了，一只灰色的蛾子终于露面了。

只是这只蛾子有点异样：它的身体显得很肥大，翅膀是萎缩着的，没有伸展开来。小男孩耐心地等待蛾子飞起来，可它只是在树叶上歪歪扭扭地爬着，没有一点儿要飞的迹象。过了一会儿，飞蛾居然一动不动，趴在树叶上死了。

怎么会这样呢？小男孩难过地跑去问爸爸。爸爸告诉他："孩子，你不该将茧剪破，因为飞蛾只有通过自己的努力把茧钻破，才能让身体变强。如果人为地帮它破茧，那么它就丧失了锻炼的机会，也就没法在外界生存了。"

小男孩听后更难过了，他本来想帮助飞蛾，没想到反而害了它。他跑回去，小心翼翼地将飞蛾用树叶包好，埋进了土里。从此以后，他再也不做这样的傻事了。

给自己加油

宝剑锋从磨砺出，梅花香自苦寒来。宝剑想要锐利无比，就得在火炉里好好锤炼；梅花要想香飘万里，就得忍受冬季的严寒。

追逐成功，如破茧成蝶，不历经痛苦的蜕变，又怎会变成艳丽的蝴蝶？追逐梦想，如逆水行舟，不奋勇向前，又怎能到达光辉的彼岸？

只有经历了黎明前的黑暗，我们才会看到光明微笑着向我们招手。

绳锯木断，水滴石穿。用坚强的意志和困难拼搏一番，你会觉得，困难不过如此。

一天和一年

门采尔是德国著名画家，一天，一位青年来他家拜访。

简单寒暄后，青年小心地请教说："尊敬的先生，有个问题一直困扰着我，您能告诉我怎么解决吗？"

虽然是大画家，门采尔却平易近人，他笑着讲："你说说看吧。"

青年不好意思地说："我一天就能画好一幅画，而且自认为还不错。但是，要卖出一幅画，却常常要花掉我一年时间，这让我非常苦恼，我到底该怎么办呢？"

"这样啊。"门采尔想了想说，"那你试着花上一年的工夫去画一幅画，等你确定这幅画不能再有所改进时，再拿去卖。"

青年回去后，听从了门采尔的建议，将画画的速度放慢下来。他不再那么急躁了，而是

非常细心地观察生活中的原型,在脑海中充分构思好后,再下笔,并且力求每一笔都传神到位。有时画中出现了败笔,他就毫不犹豫地重画。

当自己没有灵感的火花时,他就暂停画画,苦练基本功,揣摩历代名家作品。等过些时日,灵感便回来了。

一年的时间里,这位青年竟然只画了一幅画,但他的画技已经显著提升。当他把花了一年时间画好的画拿去展览时,人们都赞不绝口,不到一天就有很多人愿意花大价钱买下来收藏。

不久后,这位青年就成为了当地知名的画家。

给自己加油

很多时候,我们明明取得了成果,却得不到别人的认可。这并不代表我们注定是失败的,只是说明我们不够勤奋,没有将自己潜力完全发挥出来而已。

天才并不是天生的,靠的是百分之一的灵感和百分之九十九的汗水。抓住百分之一的灵感,再用百分之九十九的汗水去浇灌它,就没有你不能做到的事情。

成功者在嘲笑面前奋发向上，永不退缩；失败者在流言面前抱头鼠窜，自甘堕落。

鞋匠的儿子

林肯出身贫寒，父亲是个修鞋匠，母亲是个私生女，一家人的生活十分贫困。

林肯竞选美国总统时，在台上演讲，一位议员站起来，公开羞辱他："林肯先生，即便你有一天当了总统，你也只不过是一个鞋匠的儿子，没什么好神气的。"

台下一片哄笑，等着看林肯如何收场。

林肯顿了顿，严肃地盯着这位议员："这位先生，感谢您把我的家事了解得一清二楚。不错，我的父亲的确是个鞋匠，我的家庭也十分贫困，但是我崇拜我的父亲，因为他教给了我许多做人的道理，而且我一直以他为荣。"

会场内

顿时鸦雀无声，刚才笑得最放肆的那几个人，此刻都闭紧了嘴巴。

林肯转头面向大家，幽默地说："先生们，我的父亲是一个技艺高超的鞋匠，虽然我的技术不及父亲，但也得到了他的一些真传，如果哪位的鞋有问题，我可以免费为你们提供帮助。"

听众们又哄堂大笑，不过这次是善意的笑。

林肯继续说道："今天即便我成了总统，我的父亲仍然是我心中的偶像，我永远没有办法像他一样伟大。虽然他已经离开了我，但是我们永远都是一家人！"说罢，林肯流下了眼泪。

会场内顿时响起雷鸣般的掌声，而那个想要羞辱林肯的议员，只好灰溜溜地逃出了会场。

给自己加油

不是每一个人都含着金钥匙出生。出身优越是一种幸运，但不是可以炫耀的资本；出身贫寒不是一种不幸，也不是值得自卑的事情。

先天的优越并不足以决定成败，人生的成功与否，更多地取决于后天的勤奋和努力。

如果你家境富裕，请好好珍惜，因为你站得比别人高。如果你家境贫寒，不要自暴自弃，请坦然地面对，将所有的不幸转化成前行的动力。

友情，是为你擦去泪水的小手帕，是收集你满腹牢骚的垃圾桶，是你疲惫时可以依靠的肩膀，是你劳累时能够停泊的港湾。

请让我替他忍受一半的拳头

19世纪时，英国工业发展迅猛，很多有钱人的孩子都被送到贵族学校就读，哈罗学校也是其中的一所。但即使是贵族学校，也会发生以大欺小、恃强凌弱的事情。

第一天上学，新生罗伯特·比尔来得特别早。不料，刚进校门，他就被一个健壮的高个子男生拦住了。高个子男生颐指气使地命令比尔替自己做事。

"凭什么？"比尔初来乍到，并不知道这个学校还有这样的"规矩"，便一口拒绝。

高个子男生显然从来没被拒绝过，一听比尔这话，气得头上都快冒烟了。他猛地伸出手，一把揪住比尔的衣领，劈头盖脸地就把比尔揍了一顿，一边揍还一边骂："今天我就好好给你上一课，你最好给我长点儿记性！"

虽然那拳头打在身上特别痛，可是比尔就是咬紧牙关，一声不吭。

围观的学生越来越多了，不过，他们都在一旁冷冷地看着，有的还起哄嘲笑。

这时，一个外表斯文的男生冲出来了，他哭着用又尖又细的嗓音对高个子男生喊道："你究竟还要打他几下？"

高个子男生抬头看了一眼，一看抗议的也是个经不起他两拳的新生，就恶狠狠地骂道："我劝你最好别多管闲事！否则，下场就跟他一样！"

这个新生并没有被他吓倒，而是用含泪的眼睛毫不畏惧地盯着高个子男生，似乎在说"我不怕"。

"你小子还真来劲了啊？你究竟想干吗？"高个子男生的语气里充满了威胁。

这次，新生果断地回答："他是我的朋友！不管你还要打几下，请让我替他忍受一半的拳头吧！"

这个回答太出人意料了！高个子男生看着面前这个瘦弱的小男生，羞愧地停住了手。

从那天开始，学校里到处充斥着"打击暴力事件"的声音，愿意主动帮助弱者的同学也越来越多。这两个新生也成了一辈子的朋友。

这个罗伯特·比尔不是别人，他就是后来英国颇负盛名的大政治家；而那个路见不平、拔刀相助的"小侠客"，则是世界著名的诗人拜伦。

给自己加油

在你遇到危机时，愿意挺身而出的那个人就是你的朋友。无论何时何地，真正的朋友都愿意和你分担痛苦，共同进退。

而看到陌生人受欺负，愿意站出来说"他是我的朋友，请让我替他忍受一半的拳头"的人，一定是个重情重义的人！

一心只想占别人便宜的人，往往占不到便宜，也永远得不到真正的友谊。

两个朋友请客

狐狸想和仙鹤做朋友，于是它邀请仙鹤来家里吃饭，仙鹤高兴地答应了。

来到狐狸家，仙鹤发现，狐狸只端出一个很小的平底盘子来招待它，而且盘子里面只有浅浅的一层肉汤。

狐狸虚情假意地说："仙鹤大姐，吃吧，吃吧，千万不要客气。"

可是仙鹤的嘴巴又尖又长，根本就喝不到盘子里面的肉汤。

而狐狸呢，张开它那又宽又阔的嘴巴，三两下就将盘子

里的汤喝了个底朝天。喝完,它还不忘咂咂嘴巴,假惺惺地问:"您吃饱了吧?我煮的汤好喝吗?"

仙鹤其实什么也没吃到,但它还是对狐狸笑笑,说:"你的汤非常美味,为了感谢你,我想明天邀请你来我家吃饭。"狐狸听了非常高兴。

第二天,狐狸很早就来到仙鹤的家。刚进家门,它就闻到一股扑鼻的鱼香,不由得口水直流,心想:仙鹤大姐真厚道,正在给我烧鲜鱼呢。它大摇大摆地走了进去,坐在饭桌旁等着。

不一会儿,仙鹤从厨房出来了,手里端着一个长颈瓶,里面盛着香喷喷的鲜鱼。狐狸看了口水都快流一地了,但是它很快就发现,瓶口太小,它的大嘴巴根本就伸不进去。

可怜的狐狸肚子饿得咕咕叫,却只能眼睁睁地看着仙鹤伸出尖尖长长的嘴巴,将瓶子里的鱼全都吃了。

仙鹤一边津津有味地吃着,一边对狐狸说:"吃吧,吃吧,千万不要客气。"然后,它将汤也全喝光了。

可怜的狐狸只好耷拉着脑袋,饿着肚皮回家了。

给自己加油

友谊有时候坚固得像城堡,因为它是两个人用真心建立起来的;友谊有时候又脆弱得像玻璃,因为真正的友谊是容不下任何欺骗和戏弄的。

朋友之间的交往贵在真诚,如果你不能真诚地对待别人,别人也不会用真诚来回报你,到最后,就只能眼睁睁地看着友谊破碎。

真正的朋友，不是跟你分享快乐的人，而是与你分担苦难的人。当朋友需要帮助的时候，请一定陪伴在他身边。

熊说了什么

小强和阿俊是好朋友，他们都厌倦了城市里单调乏味的生活，一起来到丛林冒险。在路上，他们约定，万一遇到危险，一定要互相帮助。

来到丛林后，他们看到了自己以前从来没有见过的、千奇百怪的动植物，两人都高兴坏了，拍了好多照片。两人边走边聊，不知不觉来到了丛林深处。

突然，小强停了下来，拔腿就跑。阿俊不明所以，对着小强的背影喊："怎么了？"小强却只顾一个劲儿地跑，没有回答，并且转眼间爬到了一棵大树上，坐在树枝上直喘气。

阿俊有了不祥的预感，

转过头看,发现前面不远处有一头大黑熊!那黑熊正直立着身子盯住自己,发出刺耳的咆哮。紧接着,黑熊张牙舞爪、气势汹汹向他奔来。阿俊整个人都吓呆了。人怎么可能跑过黑熊!要逃肯定是来不及了,这下怎么办?

阿俊想起在书上看过的一句话——熊不吃尸体。于是他急中生智,立刻倒在地上装死。

大黑熊瞬间就来到了阿俊身边,将头凑到他耳边闻了闻,又用大熊掌将他使劲推了推。阿俊吓得心跳到了嗓子眼,哪里还敢动弹。

折腾了半天,黑熊发现他一动不动,就悻悻地走了。

这时,小强从树上下来,对阿俊说:"哥们儿,你命真大,刚才吓死我了。对了,那只熊在你耳边说了什么?"

阿俊没有理他,生气地说:"谁是你哥们儿?刚才大黑熊在我耳边说,以后千万不要跟那种不能共患难的朋友同行!"说完,阿俊就丢下小强,一个人走了。

给自己加油

在平静的大海上航行,无法看出水手之间的友情。只有当狂风暴雨、饥寒交迫,水手们依然不离不弃、相依为命时,才能真正看出什么是真情。

真正的友情不是口头上的哥们儿,酒肉上的兄弟,而是在你患难时,向你伸出的援助之手。

流自己的汗，吃自己的饭。自己的事情自己干，靠天靠地靠祖宗，不算是好汉。

狼和狗

一天，一只狼和一只狗在路上相遇了。

狼问道："兄弟，最近你的日子过得很不错啊，看，你那皮毛油光铮亮的。"

狗得意扬扬地说："是的，前些天我成了一座房子的护卫犬，让那些小偷再也不敢接近主人的家。而我每报警一次，就会得到大量的面包，要是主人心情好，还会赏我一块肉骨头呢。

"主人家的仆人们也对我可好了，他们很照顾我，饭桌上剩下的东西都会扔给我吃。另外，主人还特许我睡在屋檐下，我吃得好、睡得好，皮毛自然有光泽了。而为了这些优厚的待遇，我只需付出很小的劳动，看到陌生人叫唤两声就够了。"

狼羡慕不已地说："哇！要是我也能像你一样就好了！我真希望自己也能拥有一个安稳的住所，而且不用

为吃发愁。"

狗笑着说:"你也想过这种生活?那简单,跟我来吧。"狼兴奋地点头答应了。

一路上,它们有说有笑,肩并肩地走着。忽然,狼无意中发现,狗的脖子上有一圈毛被磨光了,露出了红红的伤痕。它好奇地问:"是什么东西把你的脖子磨成这样?"

狗满不在乎地说:"这个啊,因为主人不喜欢我乱跑,所以就用铁链把我套住,拴在树桩上。不过,这只是在白天,一到晚上他就会把我释放。"

听了这番话,狼像是挨了一闷棍,说:"我不能跟你走了,因为你所拥有的那份舒适是以牺牲自由为代价的。我受不了任何铁链的束缚,我喜欢在天地间自由地奔跑。当银色的月亮出来后,我会冲到山顶上,在月光中为自由而大声号叫。我宁愿为自由奔波劳累,而不愿为了舒适安逸放弃自由。"

说完,狼融入了茫茫无际的荒野中,而狗继续生活在主人窄小的屋檐下。

给自己加油

百花依赖温暖,不敢在冬季绽放;梅花不畏岁寒,才有了雪地留香。

独立自主的乐趣是无穷的,不过,要想享受这乐趣,就必须离开父母温暖的怀抱,独自面对人生的无数风雨。虽然在面对这些风雨的时候,我们很有可能会受伤,但也只有这样,我们才能在蓝天下独立飞翔,才能在风雨之后看见最美的彩虹。

单丝不成线,独木难成林。若不团结,任何力量都是弱小的。

五根手指

大拇指、食指、中指、无名指、小拇指是五兄弟,它们一起尽职尽责地为人们服务。

五根手指都认为自己最重要,谁也不服谁。终于有一天,它们激烈地吵了起来。

大拇指清了清嗓子,说:"我的功能最多,人们吃饭、看书、写字……不管做什么,都离不开我大拇指,所以,我才是最重要的!"

食指听了很不服气:"可是,没有我,人类怎么指路?我的重要性,是没有谁可以替代的。"

听了它们的话,中指急了:"我是最长的,人们有什么脏活累活都交给我来做,我任劳任怨,你们怎么可以忽视我呢?"

这时,无名指慢悠悠地说道:"如果没有我,人类那象征美好爱情的戒指戴在哪里呢?所以我才是最重要的。"

"错了错了,我小拇指才是最重要的。想想看,要是没有我,人类敲键盘时该多么不方便啊。"小拇指虽然最小,可也丝毫不甘示弱。

这时,人已经被它们吵得头昏脑涨,就说:"光说是没有用的,你们来比试一下,看谁能将地上的球捡起来,谁就是最重要的。"

话音刚落,五根手指就迫不及待地去捡球。大拇指刚刚碰到球,球就向前滚去,食指赶紧去追,却只能将球拨来拨去,中指、无名指、小拇指也是一样,无论怎样努力,它们都没办法将球捡起来,垂头丧气地望着那个圆圆的球。

人提醒道:"你们合作试试。"

五根手指同时伸出来,轻轻一拿,就将球牢牢地抓在手掌中了。

给自己加油

树根汲取大地的养分,让树叶更加茂盛;树叶吸收阳光的能量,使树根更加强壮。树根是树叶的支撑,树叶是树根的能源,二者相依为命,不可分离。

在一个团队中,我们一定要学会尊重团队中的其他成员,不能只想着自己。因为每一个成员都有自己的长处,每一个成员都是别人无法替代的。

一堆沙子是松散的，可是它和水泥、石子、水混合后，比花岗岩还坚韧。团结合作的力量是巨大的。

天堂和地狱

有人问上帝："天堂和地狱的区别到底是什么？"

上帝笑了笑，说："如果你真想知道，就先跟我去地狱看看吧。"

随后他们走进一间房子，房间里有一大群人围着一大锅肉汤。那肉汤香气扑鼻，瞬间就能勾起人的食欲。但奇怪的是，这些人个个都瘦得皮包骨头，仿佛好几百年没有吃过东西一样。

那人仔细看了看，发现他们每个人手中都有一个汤勺，只是这汤勺的柄比人的手臂还要长，虽然能舀到锅里面的汤汁，却永远没法送到自己的嘴里。

这些人不断地重复舀汤，又不断地失败。他们一个劲儿地舀啊舀，结果，汤洒了一地，却没有一个人能喝到。

这时，上帝说："来吧！我再带你去天堂看看。"于是，他们来到

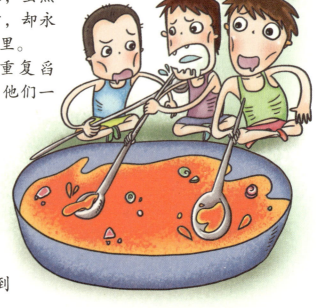

另一个房间。

房间内同样是一群人围着一锅汤，每个人手中也拿着同样的长柄汤勺。不同的是，这儿的人显得面色红润，身体健壮，有的甚至还在快活地哼着小曲。

这个人不解地问："为什么地狱里的人喝不到汤，天堂里的人却能喝到呢？"

"道理很简单。"上帝笑着说，"地狱里的人心里只想着自己，不愿意去帮助别人，也不愿意与别人合作，所以到最后，他们每一个人都喝不到汤。而天堂里的人懂得相互关爱与合作，每一个人都拿自己手中的勺子去喂别人，自然大家都能喝到汤了。而且这样一来，长柄汤勺不仅不再是人们进食的障碍，反而变成了他们用来交流的工具，增进感情的桥梁。"

给自己加油

原始人类要是不懂得团结合作，就无法集思广益，推动文明的进程；当今的人类要是不懂得团结合作，就势必导致大规模的战争，危及整个地球的存亡。

团结合作是必需的，因为它既能确保集体的利益，又可以满足个人的发展。别忘记，天堂和地狱的差别，就在于你是否只想着自己，是否懂得与人合作。

拒绝团结，再强大的力量都是微小的；学会团结，再微小的力量都是强大的。

折不断的筷子

从前，有一个国王，他有十个聪明能干的儿子。不过，国王也因此产生了烦恼。因为他的十个儿子都认为自己是最棒的，相互争斗，谁都不肯服输。

一次，国王生了重病，他担心自己死后，儿子们不能和睦相处，国家会变得四分五裂，就想了一个办法。

这天，国王把十个儿子都叫到身边，递给他们每人一根筷子，说："你们试一试，看看能不能折断它。"

大儿子傲慢地说："父亲，您出的题目也太简单了吧，折一根筷子不是很容易的事情吗？"

说罢，只听见"啪啪啪"几声，十个儿子轻而易举地就把筷子折断了。

"好，"国王点点头，又命随从递给他们每人十根筷子，"你们再试试，还能把它们折断吗？"

十个儿子费尽九牛二虎之力，折腾得满头大汗，额头上的青筋都爆出来了，可十根筷子依然完好无损。

这时，国王语重心长地说："孩子们，一根筷子很容易折断，十根筷子却怎么也折不断，这就是团结的力量。虽然你们每个人都很厉害，但还不足以抗衡强大的力量。如果你们团结起来，就会形成无比巨大的力量，任何人都难以打倒。"

十个儿子恍然大悟，说："父亲，请您放心吧，从今天开始，我们再也不会闹矛盾了！"

父亲欣慰地点点头，几天后就去世了。

后来，十个儿子果真齐心协力，将国家治理得越来越强大。

给自己加油

俗话说：众人划桨开大船。要想开动一艘大船，只靠一个人的力量，是无论如何也办不到的。

一个人再强大，都不足以与集体抗衡；一个人再弱小，只要将无数个力量汇集起来，照样所向无敌。团结就是力量，团结可以产生智慧和勇气，团结可以帮助我们克服所有的困难，走向最后的胜利。

谁若是得到过友善的帮助，谁就是尝到了天堂的快乐。

拥抱比耳光更有力量

球王贝利出生在巴西的一个小镇，很早就显现出踢球的天分。他的父亲是位足球运动员，退役后就当起了儿子的教练，鼓励他朝着自己的梦想前进。

贝利越踢越好，到处参加足球比赛，渐渐地成了当地的名人。不少人主动跟他打招呼，大人们甚至还向他敬烟。

贝利觉得自己长大了，所以从来不拒绝别人递过来的烟，可后来竟然染上了烟瘾。不过家里穷买不起，贝利就主动向别人要烟。

有一天，贝利踢完一场比赛，又向围观的群众要烟，谁知却被父亲看到了。

贝利吓坏了，因为父亲一向禁止他抽烟、喝酒，还曾为此打过他。他也向父亲保证过，以后再也不抽烟了。

父亲脸色铁青，眼睛中冒出怒火，一句话也不说，两眼盯着贝利，忽然伸出了手。

贝利以为要挨打，吓

得缩起了脖子，可是巴掌并没有落下来，他被父亲拉进怀里，紧紧地拥抱住。

父亲说："孩子，你喜欢足球，也很有天分，一定能成为一个伟大的球员。可是，抽烟、喝酒对身体不好，没有强健的身体，怎么能踢好球呢？"

贝利惭愧极了，父亲又说："以前我打你，是因为太生气了，可这并不是个好办法。现在你已经长大了，应该自己决定以后的路了。"

说完，父亲放开贝利，然后在身上摸索着，好半天才掏出几张皱巴巴的钱，说："如果你实在想抽烟就自己去买，不要再向别人要了，我们虽然穷，但是要穷得有尊严。"

贝利脸涨得通红，眼里含满了泪水，坚定地说："我以后再也不抽烟了！"

父亲听了这话，眼泪顺着脸颊流了下来。

从此以后，贝利再也没抽过烟，一直勤奋地练习踢球。19岁的时候，他就代表巴西国家队参加了足球世界杯比赛。后来，他被誉为球王，成了20世纪最伟大的运动员。

每当贝利回忆起那段往事，他都会动情地说："当年，父亲给我的那个拥抱，比多少个耳光更有力量。"

给自己加油

善解人意，给予宽慰，不仅是对别人的尊重，还能使人恢复自信。这就是理解的巨大力量。理解是打开人们心灵的钥匙，也是沟通的桥梁。学会理解他人是跟他人友好交往的前提，只有大家彼此相互理解、团结一心，人与人之间的感情才会更纯真，这个世界才会更美好。

懂得分享的人是一个充满爱心的人，一个有爱心的人一定懂得分享。

孩子没有生病

意大利著名围棋高手马克在一次欧洲围棋赛中获得了冠军，并得到一笔奖金。在回家的路上，马克遇到一个在路边乞讨的女人。

女人抱着孩子，哭泣着哀求道："先生，请您发发慈悲，救救我的孩子吧！他得了绝症，医生说，再不抓紧时间动手术的话，他就没命了！"

那孩子看上去只有五六岁，一动不动地躺在女人怀里，像是睡着了。

马克很同情这对母子，便毫不犹豫地把奖金递给女人："拿去吧，这些钱应该够给你的孩子做手术了！"

女人急忙接过钱，连连向马克点头致谢，抱起孩子转身离开了。

半个月过去了，一天，马克的一位警察朋友找到了他，大声问："马克，半个月前，你是不是碰到过一个乞讨的女人？那个女人说她的孩子病了，需要做手术。"

"是啊，怎么了？"马克头也不抬地回答。

"那个女人是个骗子，前几天我们把她抓住了。她说你曾经给她不少钱，只可惜那些钱已经被花完了。还有，她的孩子并没有生病，这是她博取别人同情的伎俩。"朋友说。

马克抬起头来，用惊讶的目光盯着朋友："什么？你说那个女人是个骗子？"

朋友急忙安慰他："是的，那个女人骗了你。不过别担心，虽然那些钱要不回来了，但你还会赚到更多奖金的！"

马克兴奋地站起来，抓住朋友的肩膀，大声说："太棒了，那个小孩没有生病，这真是个让人快乐的好消息！"

给自己加油

毫无疑问，马克是一个懂得爱、懂得分享的人。对马克来说，那些钱究竟去了哪里、能不能找回来并不重要，重要的是，他已经体会到了分享的快乐，并且希望自己的慷慨能给孩子换来一线生机。正是这种博大的胸怀，让马克原谅了女人的欺骗，却也因此尝到了快乐的味道。

爱心很朴素，它不是用来炫耀的。

让座

放暑假了，两姐妹坐船去看望奶奶。上船后，姐妹俩发现座位只剩一个，另一个被一位老人坐了。

姐姐推了推妹妹，小声说："你去坐那个空位置。"妹妹理所当然地坐过去了，她以为姐姐马上会让老人起来，毕竟那位置是她们的。

可好几分钟过去了，姐姐什么话也没说，只是站在一边，专注地看着窗外的风景。

妹妹很是不解，起身走到姐姐身边，小声地问："姐姐，你怎么不让老人站起来？你本来就晕船，这样站着怎么行？"

姐姐轻松地说:"没事儿,我站着挺好的。再说,江上的景致难得一见,坐着看不到。"

妹妹信以为真,便说:"那你看吧,我去坐了哦!"

一个小时后,船靠岸了。从头到尾,姐姐都没向那个老人提起老人坐的座位是她的。

下了船之后,姐姐的脸色苍白,看来晕船晕得很厉害。妹妹责怪地说:"你也真是的,风景有那么好看吗?放着好好的座位不坐,现在好了吧?真是自作自受!"

说完这话,妹妹不自觉地抬头看了一眼,正好看到坐姐姐座位的那位老人,她惊讶地发现,老人走路一瘸一拐的——她是个残疾人!

妹妹顿时明白过来,为什么姐姐不请她让出位子了,可她还是有些纳闷地说:"让位是件好事,但一直站这么久也太累了。中途的时候,你可以让她把位子让给你坐一下,这样也没什么呀。"

"话不能这么说,"姐姐的脸色稍微好了点儿,"老人不方便了一辈子,我只是站那么一小时,你说哪个更难呢?"

给自己加油

别人不方便了一辈子,我站一个小时又算什么呢?这句话真让人动容。生活中有一些人,因为事故或意外,他们不能像健康人那样正常生活,需要得到人们的帮助和照顾。也许更多的人会像妹妹那样,愿意帮助他们,但也不能委屈了自己。可真正善良的人,会像姐姐那样,完完全全地为他们着想。这样的善良,才是世界上最高贵、却又最朴素的品质。

一个质朴而善良的人,无论身在何处,都像在天堂一般幸福。

谁上天堂

小花是条可爱的小狗,贝贝是只耳聋的小猫,它俩是形影不离的朋友。

一天,小花带着贝贝出去玩,不幸的是,一辆失控的车冲过来,将它们撞死了。

它俩来到了天堂门前。天使拦住它俩,为难地说:"天堂只剩下一个名额,你们有一个必须去地狱。"

小花着急地问:"贝贝听不到声音,只能看懂我的手势,能不能让我决定谁能去天堂呢?"

天使鄙视地看了它一眼,皱着眉头说:"不好意思,每个灵魂都是平等的,你们要通过比赛,才能决定谁上天堂,谁去地狱。

"这样啊,"小花失望地问,"那要怎么比呢?"

天使说:"很简单,从这里跑到天堂的大门,谁先到达谁就上天堂。"

小花想了想,同意了。

天使一声命令:"预

备——跑！"他原以为小花会拼命往前奔，谁知它竟然不慌不忙、慢吞吞地往前走着。更让人意外的是，贝贝也没有奔跑，紧紧地跟在小花后面。

原来，贝贝已经养成习惯，永远跟在小花身后。

天使愤恨地想：可恶的狗，竟然利用这一点来赢得比赛。只要它在天堂门口打手势让小猫停下，它就能轻松地进入天堂了。唉，可怜的小猫。

果然，在离终点只剩几步的时候，小花打出了一个手势，贝贝见了，听话地坐了下来。

这时，小花扭过头，笑着对天使说："我原本担心贝贝不肯上天堂，只想跟我在一起。不过现在好了，我终于把它送到了天堂门口……请你以后好好照顾它。"说完这些话，小花又打出一个手势，贝贝见了，拼命向天堂的终点跑去。

天使被这急剧的转变震住了，呆呆地愣在原地。

就在贝贝到达天堂的瞬间，小花掉头向地狱跑去。贝贝发现了，急忙掉头追赶小花。天使被感动了，结果，它俩都去了天堂。

给自己加油

象征着善良的天使，居然也有看走眼的时候。你是不是也跟天使一样，误会了小狗的良苦用心呢？如果不是，那恭喜你，你的心仍然纯净无瑕；如果是，那你就得好好反省一下，去寻回自己曾经的质朴和善良吧。

一个质朴而善良的人，无论身在何处，都像在天堂一般幸福。

不论成功还是失败，只要我们一直在拼搏、一直在领悟，那么，我们就是最后的英雄。

老师的作业

老师布置了一项作业，让每个学生拼一架飞机模型。

第二天，老师欣赏完学生们的作品后，问："你们谁能讲一讲拼模型的方法或感受？"

学生A说："我先仔细看了模型的说明，然后按照图纸上的样子一点一点拼出来的。"

"很好，在做一件事情之前做到心中有数，这会为你省去不少时间和精力。"老师赞许地说。

学生B老实地说："我的模型是爸爸、妈妈帮我一起完成的。因为我一个人很难把它拼好。"

老师点点头："你做得对，有时候只依靠我们自己，是很难把事情做好的。这时候，就需要大胆地向别人求助。"

学生C有点不好意思地说："很抱歉，老师，我的模型没有完成。我觉得拼模型很枯燥，于是干脆把它扔了。可是现在我觉得这是件很有趣的事情。"

老师拍拍学生C的肩膀："没关系，你还是最棒的。因为你体会到了其中的快乐，这也是十分重要的！"

学生D摸摸后脑勺，说："老师，我拼了6个小时才把它完成。一开始我总是拼错了，所以只好重拼。"

老师一脸微笑："我们很难一次就成功，但是只要我们从失败中吸取经验，改正错误，总会成功的。"

最后，轮到学生E发言了："老师，我的模型也没有完成。不过我觉得大家拼好的模型很漂亮，真希望自己也能尽快拼好。"

老师点点头："你一定可以把它拼好的。你懂得欣赏别人的成功，会为他们的成功而快乐，这颗可贵的心比任何一种模型都要美。"

给自己加油

许多时候，成败并不重要，重要的是奋斗的过程。只要你努力了，失败也可以成为骄傲的资本，你依然可以从失败中感受到喜悦。同样，如果没有任何体会和感受，成功也会变得索然无味。

成功，不只有一种方式；失败了，也可以变成一种成功。

不要因为贫穷看不起自己,也绝不因为贫穷轻视身边的任何一个人。

我们并不穷

小约翰垂头丧气地回到家,问:"妈妈,我们很穷,是吗?"

妈妈刚刚把屋子收拾得温馨而舒适,正拿起针线缝补一家人的衣服。她抬起头,温柔地看着儿子,微笑着说:"约翰,我们并不穷。"

小约翰生气地说:"我们就是穷,那些小伙伴们都有好多玩具,可是我只有一个。他们的爸爸都开着大大的汽车,而我的爸爸却是个送奶工。"

"约翰!"妈妈严肃地拉过约翰:"你要记住,我们并不穷,我们很富有。"

"如果有人要买你的双眼,给你50美元你要吗?"妈妈盯着他的眼睛问。

约翰摇摇头,坚决地说:"500美元也不卖!"

"5000美元

呢?"

"不！5万美元都不卖！"

"很好！如果有人做实验，想知道一种药水能否让人的耳朵变聋。现在，他要把那种药水滴到你耳朵里，给你5000美元，你接受吗？"

"不！"约翰摇头。

接着，妈妈先后要买约翰的双手、双脚，最后说有人要出20万美元买走妈妈，约翰一口拒绝了所有的提议。妈妈把刚才所有的出价写下来，说道："你拥有的这些加起来一共是180万美元。"

约翰惊讶地张大了嘴巴，妈妈继续说："至于你的爸爸，如果他一天不上班，这周围的人家就都喝不上牛奶！你说他有多么重要啊！"

约翰扑到妈妈怀里，亲吻着她的脸庞，说："妈妈，我知道了，我们并不穷！我有看得见光明的眼睛，有听得到声音的耳朵，有手有脚，有如此重要的爸爸，有爱我的妈妈，这些用再多的钱都买不来。"

给自己加油

你有没有发现，在这个世界上，最珍贵的东西往往都是免费的。我们赖以生存的阳光、空气是免费的；我们生来就拥有的视力、听力、健全的四肢是免费的；关爱、呵护我们的亲情、友情是免费的。金钱固然很重要，但世界上有许多东西用再多的钱也买不来。我们拥有了这么多美好的东西，还有谁比我们更富有呢？

成功的秘诀就是：忘掉那些做不好的事情，只做自己最擅长的事情。

托尼的苹果派

托尼小时候生了一场大病，智力发育受到影响，所以学什么都比同龄的孩子慢，10岁时还说不清家在哪里。

托尼伤心地问妈妈："我是不是真的比别人笨？"

妈妈温柔地回答："孩子，你也许真的没别人那么聪明。不过，他们能像你一样，做出好吃的馅饼吗？为什么不想想自己的优点呢？"

原来托尼从小就喜欢做各种点心，尤其是一种苹果派，托尼改良了妈妈的配方，吃起来又甜又香。

毕业后，托尼在蛋糕店当了一名小伙计。虽然他依然反应很慢，说不清话，可是他不在意，因为只有他才能做出最好吃的苹果派。

22岁的时候，托尼告别妈妈，来到了纽约，在一家大饭店的厨房当帮工。由于托尼经常出错,没少被经理责备。

一次,服务生弄错了菜单,把托尼做的苹果派端给了客人。经理发现后,先大骂了服务员,然后又狠狠地骂了托尼一通,这才去向客人道歉。

谁知道,客人对这道苹果派特别满意,并要求再上一份。其他客人见了,也纷纷要了这道点心。因此,经理破例让托尼当了专门做点心的厨师。

渐渐地,托尼的苹果派名气越来越大,很多人都专程来品尝。

后来,美国遭受了经济危机,很多饭店要么倒闭,要么大量裁员。托尼所在的饭店也不例外,不过他却是饭店最不可缺少的人。因为有位富商的妻子特别喜欢吃托尼做的苹果派,每天都要到饭店来吃。

现在,人们早就忘记了托尼说话不清、反应迟钝,只记住了他做的苹果派那美妙的味道。

给自己加油

每个人都有缺点,也都有做不好的事情。清楚自己做不好什么的同时,一定也要发现自己做得好什么。也许你一上台演讲就说不出话,却是个电脑小专家;也许你跑步总是很慢,但什么样的数学题也难不倒你。

当你找到自己擅长的事情,并充分发挥聪明才智时,以往的那些缺陷就会被甩在身后,人们看到的,将是一个自信、快乐、全新的你!

图书在版编目（CIP）数据

做最完美的自己：让我更杰出的100个性格养成故事/彭凡主编.—北京：化学工业出版社，2016.5
（成长我最棒）
ISBN 978-7-122-26475-6

Ⅰ.①做… Ⅱ.①彭… Ⅲ.①儿童故事－作品集－世界 Ⅳ.①I18

中国版本图书馆CIP数据核字(2016)第046855号

责任编辑：史 懿 丁尚林　　　　　　责任校对：战河红

出版发行：化学工业出版社(北京市东城区青年湖南街13号　邮政编码100011)
印　　装：北京画中画印刷有限公司
710mm×1000mm 1/16 印张13 字数200千字 2016年 6 月北京第 1 版第 1 次印刷

购书咨询：010-64518888（传真：010-64519686）　　售后服务：010-64518899
网　　址：http://www.cip.com.cn
凡购买本书，如有缺损质量问题，本社销售中心负责调换。

定　价：29.80元　　　　　　　　　　　　　　　　版权所有　违者必究